KB024408

경쟁이라는 이름의 마성

괴이, 학원

괴이, 학원
경쟁이라는 이름의 마성

배명은, 김선민, 은상, 정명섭, 김하늬 지음
초판 1쇄 발행일 2023년 6월 14일
펴낸이 이숙진 펴낸곳 (주)크레용하우스 출판등록 제1998-000024호
주소 서울 광진구 천호대로 709-9 전화 (02)3436-1711 팩스 (02)3436-1410
인스타그램 @bizn_books 이메일 crayon@crayonhouse.co.kr

* 빛은책들은 재미와 가치가 공존하는 ㈜크레용하우스의 도서 브랜드입니다.
* KC마크는 이 제품이 공통안전기준에 적합하였음을 의미합니다.

ISBN 978-89-5547-147-2 04810

경쟁이라는 이름의 마성

괴이, 학원

배명은 · 김선민 · 은상 · 정명섭 · 김하늬

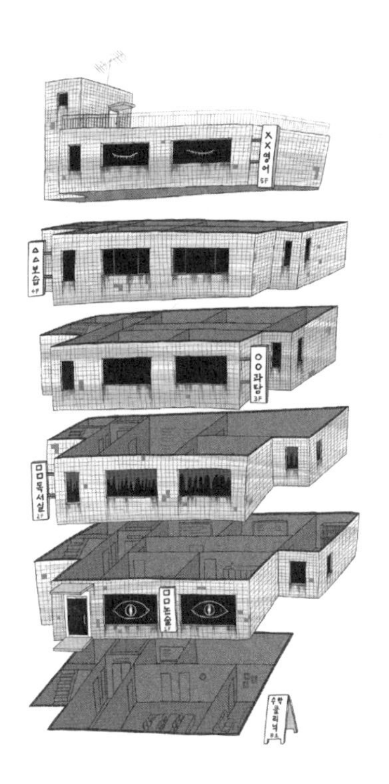

빛은
책들

차례

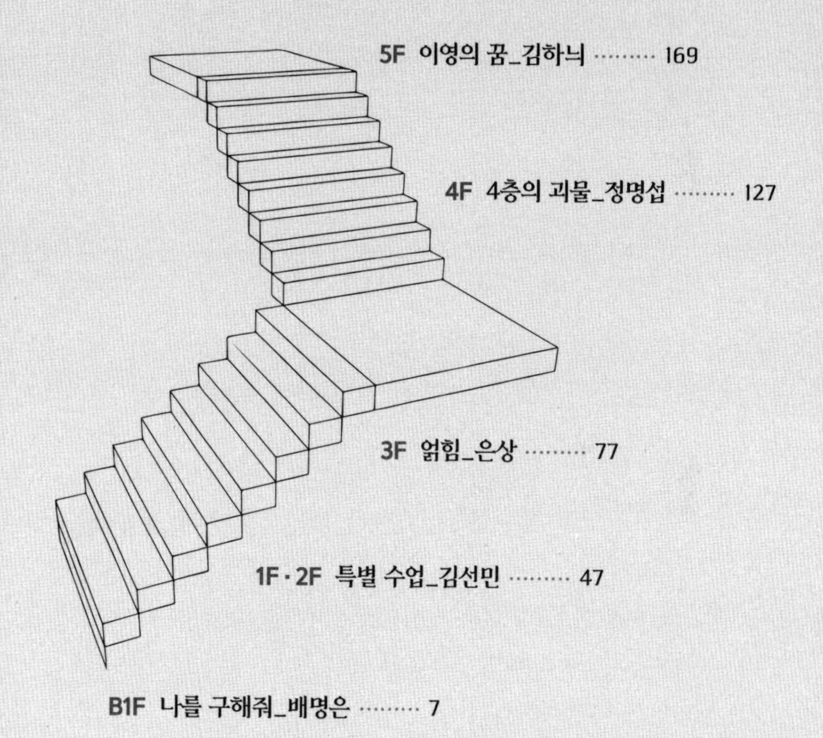

5F 이영의 꿈_김하늬 ········· 169

4F 4층의 괴물_정명섭 ········· 127

3F 얽힘_은상 ········· 77

1F · 2F 특별 수업_김선민 ········· 47

B1F 나를 구해줘_배명은 ········· 7

B1F

나를 구해줘

배명은

지혁

지혁은 조수석 의자에 몸을 깊숙이 묻었다. 가을인데도 도로 양옆에 늘어선 플라타너스는 여전히 푸르렀고 햇빛은 쨍했다. 에어컨 바람은 시리도록 차가웠으며 지겹게 들은 바흐의 무반주 첼로 모음곡이 차내를 울렸다. 머리를 맑게 해준다는 클래식은 오히려 머릿속을 헤집었다. 그는 검지로 엄지 옆 살을 긁었다. 헤진 살점에서 찌릿한 통증이 밀려왔다. 통증은 생각들을 차단했다.

차는 점점 서행하더니 신호를 받고 멈췄다.

"이상하다. 분명 고급 주택단지 옆이라고 했는데."

서울에서 월영시까지 길을 알려준 내비게이션을 의심한 엄마가 상체를 내밀어 차창 너머 건물들을 보았다. 오래된 건물들이 가로수처럼 나란히 섰다. 엄마가 깜빡이를 켰다. 규칙적인 소리가 클래식과 어우러지며 머릿속에서 늘어졌다. 틱톡,딸깍,똑딱,때깍,틷톤,쨰깍. 다양한 소리와 함께 차는 좌회전했다.

좁은 도로를 따라 언덕 위를 넘을 때까지 목적지는 보이지 않았다. '목적지에 도착했습니다.' 차가 멈췄으나 엄마는 내리지 못하고 주위를 계속 살폈다. 단층 건물들 사이로 우뚝 솟은 5층 건물이 눈에 들어왔다. 층마다 다양한 학원들이 이름을 내건 건물은 얼마나 오래됐는지 외벽 타일이 군데군데 떨어져 나가거나 검은 때가 꼈다. 그 모습이 꼭 건물 전체가 썩어 들어가는 것 같았다.

지혁은 엄마 눈치를 살폈다. 깔끔한 엄마의 성격상 이런 데에 자신을 데려온 게 믿기지 않았다. 엄마도 몰랐던 눈치였는지 한참 그 건물을 올려다봤다. 붉은 입술이 살짝 벌어진 것도 모른 채. 그러고는 무얼 다짐했는지 시동을 끄고 차 키를 챙겨 들었다. 시동이 꺼지자 차내는 금세 눅눅한 열기가 차올랐다.

"내리자."

"진짜 여기야?"

"괜찮아. 엄마가 맨날 데려다줄 테니까."

지혁은 엄마를 따라 차에서 내렸다. 토요일 오전의 동네는 고요했다. 햇빛이 들지 않는 건물 안으로 들어서자 고약한 냄새가 났다. 낡은 건물이 썩어가는 냄새, 탁한 기류가 고여서 빠져나가지 못하는 그러한 냄새에 엄마가 코끝을 찡그렸다.

좁은 복도 옆엔 계단이 위아래로 나 있었다. 복도 끝엔 엘리베이터가 있었고 그 옆엔 논술학원으로 들어가는 문이 보였다. 엘리베이터 앞에서 엄마는 밑으로 내려가는 버튼을 눌렀다. 5층 표시는 시간이 지나도 변하지 않았다. 엄마의 한숨에 지혁은 절로 어깨가 움찔 떨렸다.

"바로 밑이니까 계단으로 가자."

지하는 오전인데도 빛이 들지 않아서인지 긴 동굴로 내려가는 것 같았다. 좁고 가파른 계단을 내려갔다. 센서 등이 켜지자 앞장선 엄마가 말했다.

"조심히 내려오고 더러우니 손잡이 잡지 말아."

불빛의 조도가 낮아 내딛는 발이 불안했다.

계단을 다 내려가서야 연보랏빛 페인트칠이 벗겨진 철문에 적힌 글자가 눈에 들어왔다. **신명 수학 클리닉**. 지혁은 그동안 과외며 여러 유명 입시학원을 다녔다. 이런 단과학원도 마찬가지다. 모든 것은 점수에 맞춰 엄마가 준비해줬고 자신은 그에 따라가기만 하면 됐다.

하지만 지금은… 정말 괜찮을까.

고딕체의 학원 이름 앞에서, 문을 열고 들어가는 엄마의 뒷모습을 보면서, 그런 불안감이 들었다. 익숙한 질문이었고 그 결과 또한 익숙했다.

클리닉 내부는 건물 외관과는 달랐다. 화이트 톤의 벽, 세련된 테이블과 소파가 전부인 대기실은 청량한 향으로 낡은 건물의 이미지를 지웠다. 평수는 작았으나 화장실과 공부방, 그리고 원장실까지 있었다. 크기로 보아 많은 인원을 가르치는 것이 아닌 소수의 인원만 두는 것 같았다. 입구에서 신발을 벗고 슬리퍼로 갈아 신을 때 오른편 소파 뒤 원장실에서 깡마른 남자가 나왔다.

"안녕하세요. 현수 엄마 소개로 예약했는데요."

잿빛 머리카락을 뒤로 넘긴 남자는 엄마의 말에 고개를 끄덕이며 인사했다.

"네, 기다리고 있었습니다. 이쪽으로 오시지요."

그는 원장실로 그들을 안내했다.

영희

현수 엄마는 대기업 협력 업체 부장인 남편의 이름으로 대출을 받아 대치동으로 올라온 대전족(대치동 전세 세입자)이지만, 웬만한 돼지엄마(사교육 정보에 능통해 다른 학부모를 이끄는 엄마)나 원주민보다 입시 정보에 빠삭했다. 자식에게 올인하여 있는 돈 없는 돈 끌어 쓰는 게 현수 엄마만은 아닌데도 영희는 유독 그녀의 묘하게 잘난 척하는 꼴이 보기 싫었다. 맘카페 엄마들은 그런 현수 엄마를 알게 모르게 무시했고 그건 영희도 마찬가지였다.

그런데 1년 전부터 성적도 고만고만하던 현수가 모의고사에서 상위권을 차지하기 시작했다. 처음엔 어쩌다 찍는 운이 좋아서 그런가 보다 싶었는데 시험 보는 족족 성적이 올라 이제는 1등을 놓치지 않았다. 평소 성적으로는 꿈도 꾸지 못할 의과대학들에 수시로 지원했고 이대로라면 정시에 더 좋은 대학에 갈 수 있을 것이다.

영희는 지혁의 성적을 잘 알았다. 강남에서 성형외과를 하는 남편의 병원을 물려받으려면 인서울은 아니더라도 무조건 의대에 가야 했으나 그것도 운이 좋아야 가능한 얘기였다. 애가 머리가 나쁜 건 아니었다. 그저 수학에 조금 재능이 없을 뿐이다. 여기저기 수소문해서 비싼 과외와 유명 학원을 보내보아도 나아지는 건 없었다. 자신 없게 수시 원서를 넣으며 영희는 현수 엄마를 떠올렸다. 현수가 어디서 어떤 공부를 해서 성적이 올랐다면 지혁이도 할 수 있지 않을까. 지금부터라면 수능을 노릴 수 있다.

영희의 간곡한 부탁에 현수 엄마는 어쩔 수 없다는 듯이

이 학원을 소개했다.

"20년간 맡은 학생들을 인서울시킨 걸로 유명해. 1년에 다섯 명도 안 받아. 이번에 수시로 나간 아이가 있어서 아마 한 명 자리가 남았을 거야. 내가 연락해둘게."

처음엔 서울도 아닌 월영시에 있는 학원이란 게 마음에 들지 않았다. 그런 곳에 대치동보다 잘 가르치는 학원이 있다는 사실이 전혀 믿기지 않았다. 속는 셈 치고 와서 보니 건물 꼴도 가관이었다. 오래되고, 더럽고, 오히려 성적이 오르는 것보다 병에 걸리지 않을까 걱정되었다. 현수 엄마가 자기 무시했다고 엿 먹으라는 심보로 소개해준 게 아닐까.

"무조건 그 원장님이 시키는 대로 해."

여기까지 온 이상 믿을 수밖에 없었다.

다행히도 내부는 깔끔하니 안도감이 들었다. 원장실은 책장과 책상으로 꽉 들어찼다. 각종 문제지와 뜻 모를 한자로 적힌 양장 책이 빼곡한 책장 옆의 장식장은 이곳과 어울리지 않는 물건들로 채워져 있었다. 뚜껑이 있는 도자기와 옛 물건들. 삐삐나 2G 핸드폰, 미니카세트, 전자사전, 큐빅이 잔뜩 박힌 머리핀. 전혀 취향을 가늠할 수 없는 그런 물건들에서 눈을 뗀 영희는 억지로 미소 지으며 그 앞에 앉은 남자를 쳐다봤다. 구본성 원장이란 사람은 깡마른 얼굴이어서 그런지 전체적으로 날카로운 인상이었다. 영희는 그에게 아이의 성적을 보여주었다.

아무리 공부를 시켜도 전체적으로 점수가 오르지 않는다는 한탄과 아이가 재능이 없는 건 아니고 집중력이 부족해서 일지도 모른다는 변명, 지방 의대라도 좋으니 수학 점수를 높여달라는 부탁. 학원과 과외를 전전할 때마다 반복했던 말이 술술 나왔다. 원장은 그녀의 말을 묵묵히 들어주었다. 길고 긴 하소연이 끝나자 그는 고개를 끄덕이며 입을 열었다.

"주말반으로 이번 주부터 함께하면 될 것 같습니다. 오전 8시부터 오후 8시까지인데 원하면 자정까지 학원 문이 열려 있으니 자율 학습하면 될 것 같고요. 그리고…."

구본성 원장은 말끝을 길게 늘이며 영희 옆에 멍하니 앉아 손끝을 긁어대는 지혁을 바라봤다. 정신이 다른 데 팔린 것 같은 그 모습에 영희가 급히 아들의 옆구리를 찔렀다. 지혁과 원장의 눈이 마주쳤다. 구본성 원장의 얇은 입술이 비뚜름해졌다. 무언가 못마땅한 걸까. 그러나 곧 그것이 웃는 것임을 영희는 알아챘다.

"수업하면서 아이가 평소와 달리 행동할 때가 있을 겁니다. 그땐 너무 걱정하지 마십시오. 이맘때 아이들의 스트레스가 어머님이 이해할 수 없을 정도로 발현될 때가 있으니까요. 저한테 맡기신 만큼 믿어주십사 하는 이야기입니다."

"네, 그럼요. 원장님만 믿습니다."

스트레스가 어떻게 발현되건 상관없었다. 이 수업이 사실상 마지막으로 붙잡는 희망의 지푸라기나 다름없었다. 무조건 믿을 수밖에.

지혁

그 주에 지혁은 홀로 학원 교실에 앉았다.

원장님이 건네는 집중력에 좋은 허브티를 마시며 두 시간 정도 복습과 예습을 하고 나면 쉬는 시간 뒤 바로 수업이 있다. 수업은 다른 곳과 다를 바 없었다. 원장님은 그동안의 모의고사 시험지들을 가지고 와서 틀린 문제부터 차근히 알려주기 시작했다. 단조로운 목소리가 하얀 강의실에 울렸다. 몇 명이 함께 수업을 들을 줄 알았던 지혁은 원장님과 단둘이 강의실에 있는 것이 무척 어색했다.

시간이 지날수록 화이트보드에 적힌 검은 숫자와 공식들이 꾸물거리며 허공으로 날아올라 지혁의 눈앞에 어른거렸다.

"이 풀이가 이해 가니?"

원장님이 조심스레 물었다. 언제나 그렇듯 지혁은 고개만 끄덕였다. 지금 알아듣는다 해도 막상 돌아서면 눈앞이 깜깜했다. 머릿속에서 숫자를 거부하는 것 같았다.

"네가 지금 조급해서 그래."

지혜의 대답이 거짓말인 걸 알아챈 원장님이 다독였다. 날 때부터 의대를 목표로 공부했을 때도 오르지 않던 성적인데 과연 조급해서일까. 하긴 말은 안 하시지만 아버지의 기대가 점점 부담스러웠다. 당연히 의대는 가겠지란 생각을 하시면서도 모의고사 성적을 보고는 지혜 대신 엄마를 채근했다. 이제 기댈 곳이 수능만 남은 시점에서 부담감과 조급함에 미쳐버릴 것 같았다.

"너는 어떠니?"

지혜의 왼편을 보며 원장님이 물었다. 순간의 상념에서 깬 지혜이 뒤를 돌아봤다. 원장님과 단둘이라고 생각했던 강의실에 언제 들어왔는지 한 여자아이가 앉아 있었다. 강의실 안에 잠시 전류가 흐르는 소리가 나며 백색 형광등이 깜빡거렸다. 그 아래에서 창백한 얼굴에 긴 생머리를 귀 뒤에 꽂은 아이가 시큰둥한 표정으로 대답 대신 어깨만 으쓱였다.

"지루해!"

연습 문제를 들여다보던 혜진이 투덜거리며 책상에 엎드렸다. 다시 자율 학습 시간이었고 이번엔 둘이었다. 왼팔만 쭉 내밀고 엎드린 혜진의 풍성한 머리카락이 조금씩 책상 위로 쏟아지고 있었다. 형광등 불빛에 그 모습이 반짝반짝 빛났다.

솔직히 혼자가 아니어서 조금은 마음이 편해졌다. 물론 자신처럼 얼마 안 남은 수능에 목메는 그런 존재들이 바깥세상에 많겠으나, 지금 사면이 벽인 낯선 공간에 갇힌 게 자신만이 아니라는 사실만으로 안도감이 들었다. 미래를 좌지우지할 거대한 운명 앞에 펜 하나 들고 맞설 그 누구보다 가까이에 있는 전우, 혹은 희생자. 엄마는 어차피 시험장에 들어가서 책상 앞에 앉으면 혼자라고 말하겠지만 함께라는 생각만으로 문제가 수월하게 풀렸다.

갑자기 혜진이가 고개를 들었다. 부드러운 갈색 눈과 마주치자 화들짝 놀란 지혁은 몸을 돌려 문제지에 코를 박았다. 드르륵. 의자가 바닥에 밀리는 소리가 들리고 이어 옆자리 의자가 뒤로 끌렸다. 혜진이의 긴 머리카락이 지혁의 오른쪽 어깨를 잠시 간질였다. 마른침이 목구멍으로 넘어갔다. 그 긴 구멍으로 심장이 튀어나올 것 같았다.

"야!"

"어?"

혜진의 부름에도 차마 고개를 돌릴 수가 없어 문제지의 문제만 노려봤다. 문제는 다시 알아들을 수 없는 말들로 가득해졌고 아까와는 다른 긴장감에 식은땀이 났다.

"너 나 봤지?"

"어, 아, 아니."

"개뻥치지 말고. 눈이 마주쳤는데 아니긴. 야!"

혜진이 책상을 내리쳤다. 그 기세에 어깨가 절로 움찔거렸고 지혁은 손에 든 문제지와 함께 고개를 꾸벅 숙였다.

"쳐다봐서 미안해."

쳐다봐서 기분이 상했다면 빠른 사과가 답이었다. 그러자 정수리 쪽에서 키득거리는 소리가 들렸다. 지혁은 고개를 들었다. 혜진이 웃고 있었다.

"뭘 그리 쫄고 그래? 둘밖에 없는데 친하게 지내자는 거지. 난 이혜진이야."

아까 원장님이 소개해서 이름을 아는데도 혜진이는 다시 자신의 이름을 말하며 손을 내밀어 악수를 청했다. 지혁은 그 손을 빤히 쳐다보다가 쭈뼛거리며 손을 내밀었다.

"정지혁…."

혜진이 잽싸게 지혁의 손을 잡아채어 위아래로 흔들었다.

"반가워!"

지혁은 자신도 반갑다고 얘기하고 싶었지만 맞잡은 손이 너무 차가워 할 말을 잊어버리고 말았다.

"너 서울에서 왔다며?"

혜진이는 아예 자신의 문제지와 필기구를 가지고 지혁의 옆자리에 앉았다. 샤프가 문제지 위에서 사각사각 소리를 냈다. 지혁이 고개를 끄떡이자 책상 밑에서 까딱이던 혜진이의 발이 멈췄다.

"롯데타워 가봤어? 엄청 높다며? 홍대엔 여전히 사람 많아?"

"그렇지? 높고, 많고."

"무슨 대답이 그렇게 성의가 없어?"

"궁금하면 직접 가보면 되잖아."

단지 궁금해서 물어봤을 걸 알지만 저도 모르게 대답하는 말투가 퉁명스러웠다. 아차 싶어 혜진이를 쳐다봤다. 혜진이는 샤프를 붉은 입가에 갖다 댄 채 무언갈 생각하다 손뼉을 쳤다.

"제일 먼저 가는 걸로 해야지!"

다시 단화를 신은 발이 까딱였다.

"매번 가겠다고 마음을 먹으면서도 그때가 되면 까먹는단 말이야. 너 뭐 못 먹는 거 있어? 알레르기를 일으키는 거라든가, 먹으면 죽는 거라든가."

마지막 말에 혜진이는 배를 잡고 깔깔거렸다. 전혀 웃기지도 않은 질문에 무어라 답해야 할지 몰라서 눈만 깜박이는데 그녀가 손사래를 쳤다.

"난 눈물이 쏙 나올 정도로 매운 떡볶이 좋아해. 넌?"

"매운 건 잘…."

"그래도 먹어도 탈은 안 나지?"

죽지는 않지? 혜진이는 웃는 얼굴로 그렇게 묻고 있었다. 농담이 아닌 것 같아서 고개만 끄떡이자 다시 손뼉을 쳤다.

"앗싸! 아, 언제 너랑 먹으러 가려고 했지. 이 근처에 맛집 있거든."

샤프가 다시 문제지 위에서 부드럽고 빠르게 움직였다. 잠시 그걸 바라보고 있다가 지혁도 자신의 문제지에 펜을 갖다 댄 순간 혜진이는 샤프를 내려놨다.

"끝! 다했다."

벌써? 반사적으로 그녀의 문제지를 봤는데 빼곡하게 답이 적혀 있었다. 혜진이도 지혁의 문제지를 넘겨다봤다.

"아직 반도 못 했잖아?"

그 말에 지혁은 부끄러워져서 몸을 살짝 돌려 문제지를 가렸다. 그 마음도 모르고 혜진이는 아예 자리에서 일어나 지혁이 적은 답을 보고는 혀를 찼다.

"몇 개 틀렸어. 이건 메르센 소수를 푸는 것보다 훨씬 쉽잖아. 답이 있는 거라고."

그 말에 지혁의 얼굴이 뜨거워졌다. 그녀가 말하는 메르센 소수가 뭔지도 모르겠고, 답이 있는 건 알지만 어려워서 제대로 풀 수가 없었다. 전우는 무슨 전우. 전우에도 급이 있다는 걸 매일 체험하지 않는가. 부끄러움을 넘어선 수치심마저 들어 당장 강의실을 빠져나가고 싶었다. 그 무례함에 어떤 말도 하지 못하고 있을 때 혜진이는 한술 더 떴다.

"너 전달 모고 점수 얼마나 나왔어?"

"신, 신경 꺼!"

빽 소리를 지르자 그제야 혜진은 자신의 행동이 지혁이에게 심했다는 것을 깨달았다.

"미안해. 내가 좀 궁금한 걸 못 참아서."

혜진의 사과에도 지혁이는 화가 풀리지 않았다. 그동안 참고 참았던 울분이 쏟아져 나왔다.

"점수가 안 나왔으니까 서울에서 여기까지 온 거지 내가 뭐 하러 여기까지 왔겠어? 나라고 뭐 좋아서 여기에 있는 줄 알아? 의사 집안이라 어렸을 때부터 의대를 목표로 안 다닌 데가 없어. 집안이 그래서 기본적인 머리가 있는 것처럼 다른 애들이랑 비교당하면서 얼마나 많은 모욕을 당했는 줄 알아? 아무리 노력해봐도 언제나 그 점수고. 안 된다는 걸 너무도 잘 아는데 엄마가 기대하니까 나는 또 여기에 왔고. 어쩔 수 없잖아. 수능이 끝나서 의대에 못 간다면? 또다시 처음부터 시작하겠지. 될 때까지! 재수, 삼수, 사수. 내가 그걸 견딜 수 있을까? 아빠의 실망한 표정을 어떻게 보는데? 잘난 친척들의 시선은? 그런 생각 때문에 시험 문제를 보지 못하겠어. 뇌가 녹아버린 것 같아. 아무리 배워봐도 녹아버린 뇌수에 묻혀버려서 낙엽처럼 썩어가기만 해. 나라는 존재 자체가 썩어버렸어. 가망이 없다고. 근데 너는? 그렇게 잘났으면서 왜 여기에 있는데?"

문제지를 구기며 씨근덕거리자 가만히 있던 혜진이가 주먹 쥔 지혁의 손등을 두드렸다. 차가운 손길에 지혁이 그녀를 노려보자 혜진이 말했다.

"사실 나도 어렸을 땐 피타고라스에 대해 살의를 느꼈어. 직각삼각형의 원칙 따위 아무도 몰라도 되잖아. 왜 그 인간 때문에 이런 고통을 당해야 할까라는 생각도 들었지. 근데 죽은 사람을 또 죽일 순 없고 내가 그 인간보다 더 잘나겠다는 오기가 생기더라. 덕분에 공부에 재미를 붙였고. 왜 잘난 내가 서울에도 가지 않고 여기에 있는지 알아?"

그딴 건 알고 싶지 않았다.

"물론 지내는 곳이 여기니까 못 가는 것도 있고."

듣고 싶지 않아 몸을 모로 틀며 지혁은 입술을 삐죽였다. 혜진이는 계속 말했다.

"나보다 안 똑똑한 친구 도와주려고 있는 거야. 너는 지금 수학에 대한 살의를 느끼고 있어. 내가 이기게 도와줄게. 자율 학습 시간에 뭐 하면서 있을 건데?"

"네 도움 따윈…."

대답도 듣지 않고 혜진이는 지혁이의 손에서 문제지를 빼앗아 들었다.

“고맙긴. 대신 떡볶이는 네가 사는 거다.”

도움 따윈 바라지도 않았으나 그렇다고 강의실을 나갈 배짱도 없었다. 혜진이는 제멋대로 문제지를 펴서 연습장에 지문을 옮겨 적었다. 곧 적막한 강의실에 조곤조곤한 목소리가 흘렀다. 지혁은 작고 예쁜 혜진이의 필체에서 고개를 돌렸으나 이내 홀린 듯이 연습장 위 숫자들의 배열을 지켜보았다.

딸깍, 희미하게 문이 닫히는 소리가 들려왔다.

영희

10월 모의고사가 내일로 다가왔다. 실력 점검을 할 수 있는 마지막 기회다. 영희는 어두운 주방 식탁에 앉아 불안한 눈길로 벽에 걸린 시계와 굳게 닫힌 지혁의 방문을 번갈아 봤다. 적막한 집 안에 11시를 가리키는 시계 소리가 똑딱똑딱 크게 들렸다. 영희는 자리에서 일어나 시계를 떼어 그 속에서 건전지를 뺐다. 자신도 이 소리가 거슬리는데 지혁이는 어떨까. 공부에 방해되는 건 없어야 했다. 온전한 적막이 찾아오자 내내 그녀를 감싼 불안감이 조금은 가셨다. 소리 없이 한숨을 쉬며 다시 식탁으로 돌아가는데 방문이 열리고 지혁이가 나왔다.

"엄마."

"어, 뭐 필요해? 따뜻한 차 좀 줄까?"

재깍 대답하는 영희를 향해 지혁이는 가만히 고개를 흔들었다. 그러고는 그녀를 향해 씨익 웃었다.

"나 배고파."

좀처럼 웃질 않는 아이가 웃었다. 시험 전날엔 소화도 되지 않는다고 밥을 거르던 아이가 배고프다며. 지혁이는 어깨를 늘어트리고 터벅터벅 걸어와 식탁 앞에 앉았다.

"하도 배고프다고 배에서 꼬르륵거리는데 신경 쓰여서 공부가 안돼. 이상하다. 아까 밥 먹지 않았어? 의자에 앉아 움직이지도 않고 공부만 했는데 왜 이리 배가 고프지? 머리를 너무 썼나?"

재잘재잘 말하던 아이가 멍하니 선 영희를 쳐다봤다.

"엄마, 우리 족발 시켜 먹자."

며칠 전엔 뜬금없이 입에 대지 않던 매운 떡볶이를 찾던 아이였다. 종알거리는 낯선 지혁이를 보며 아이가 스트레스로 평소 하지 않던 행동을 할 거라는 구본성 원장의 말이 떠올랐다. 영희는 지혁이가 원하는 대로 족발을 시켜줬다.

너무 배가 고프다던 아이는 족발을 보자마자 허겁지겁 입에 넣기 시작했다. 언제나 음식을 깨작거리던 젓가락질이 거침없었다. 맛있다며 발까지 동동거리면서 제 입에 상추쌈을 넣던 아이가 한입 가득 우물거리며 다른 쌈을 싸 영희에게 건넸다.

"아!"

"엄만 괜찮아."

"너무 맛있어서 그래. 엄마도 먹어봐."

손수 쌈을 영희의 입에 넣어준 지혁이 다시 웃었다.

지혁

지혁은 화이트보드를 보며 손톱으로 손가락을 긁어댔다. 옆에서 혜진이 롯데타워에 간 것이며 홍대 거리를 거니는데 사람들이 너무 많아서 이리저리 치여 재밌었다는 말이 아득하게 들렸다.

"너는 그런 데도 안 가고 뭐 했어? 인생 어떻게 될지 모르는데 즐길 수 있을 때 즐겨야지. 야, 너 내 말 듣고 있어?"

"어?"

혜진이가 어깨를 툭 치자 지혁은 정신을 차렸다. 원장님이 들어왔다. 그는 얇은 입술을 비뚜름하게 틀었는데 지혁은 그것이 웃는 것임을 알았다.

"지혁이 이번 모의고사 만점 받았다지? 어머니가 너무 좋아하시더라. 선생님도 네가 수업을 잘 따라와주는 것 같아서 너무 뿌듯해. 앞으로 수능도 이렇게만 하자."

엄마뿐이 아니라 아버지 또한 생전 처음 받는 점수에 만족해하셨다. 평소 무뚝뚝한 아버지가 칭찬을 아끼지 않으며 그제야 본인의 아들임을 인정했다. '역시 내 아들이면 이래야지.' 언제는 친아들이 아니었던 것처럼. 머나먼 거리감이 메워지는 순간이었다. 아버지의 칭찬은 무척 낯설어서 어색했다. 게다가.

"오오. 대단한데."

혜진이가 옆에서 엄지를 세웠다. 답답한 지혁의 마음도 모르고.

"…네."

지혁은 어깨를 잔뜩 움츠리고 기어들어 가는 목소리로 대답했다.

자율 학습 시간에 혜진은 턱을 괴고 지혁이를 빤히 쳐다봤다. 그러다가 발로 그가 앉은 의자 다리를 두드렸다.

"야. 너 왜 아침부터 죽상이야? 재미없게. 만점 받았으면 만점 받은 자의 여유가 있어야지. 즐기지 않고 뭐 하는 거야?"

"내가 뭘."

고개도 들지 않고 지혁은 대꾸했다.

"뭐가 문제야? 말해봐. 이 누나가 해결해줄게."

"아무것도 아니야."

"야, 너 만점 받은 게 내 덕도 있다. 그러니까 말해봐."

혜진이는 언제나 당당했다. 메르센 소수를 해결하지는 못했으나 답이 있다면 어려운 수학 문제도 손쉽게 풀었고, 바보 같고 언제나 주눅이 든 지혁을 인정하고 이끌었다. 게다가 혜진이는 엄마가 모르는 친구였다. 그래서인지 엄마가 절대 알 리 없는 속마음이 그 앞에서 너무도 쉽게 툭툭 튀어나왔다. 무엇을 말하든지 다 믿어줄 것 같아서 어렵사리 입을 열었다.

"기억이 안 나."

"뭐가?"

"시험 본 기억이 전혀 안 나. 만점을 받았다는데 어떻게 문제들을 풀었는지도 모르겠어. 언제부터 기억이 없는지 생각해봤는데 그것도 기억이 나질 않아."

심지어 엄마가 시험 전날에 족발을 먹었다며 속이 괜찮은지 재차 물었다. 시험 본 뒤에 몇 시간 연락이 되지 않았다고 엄마가 어딜 갔냐고 물었는데도 지혁은 알지 못했다. 시간이 통으로 사라졌다. 점수가 나올 때까지 내내 불안했다. 혹시라도 시험을 보지 못했을까 봐. 가방에 시험지가 있었음에도 자신의 것이 아닌 것 같아서. 결과가 나왔음에도 불안한 건 마찬가지였다.

"그게 중요해?"

혜진이 물었다.

"중요하지 않아?"

"과정은 중요하지 않아. 결과가 중요한 거지."

혜진은 그동안 전전긍긍하던 지혁의 고민을 대수롭지 않게 여겼다. 지혁은 그녀가 자기 말을 믿어줘서 고맙기도 했으나 한편으론 그게 듣고 싶은 말이었는지 몰라서 서운하기도 했다.

"넌 뭘 그렇게 어렵게 생각해? 별걸 가지고 양심의 가책은. 잠깐 멘탈이 터져서 나갔다가 들어온 걸 거야. 다들 그렇게 여겨."

어떤 대꾸도 하지 못하자 혜진이 이번에는 세게 지혁의 어깨를 때렸다. 아 소리가 절로 나고 인상을 찌푸리자,

"내가 너 같은 애들 한둘 봐?"

"나 같은 애들?"

혜진이는 씁쓸하게 웃었다.

혜진

혜진은 학원의 열린 문 앞에 서서 그 너머 어두운 계단을 바라봤다. 몸을 앞으로 움직일 때마다 계단을 밝히는 주황

빛 불이 켜졌다가 잠시 뒤 어둠에 잠겼다. 철문의 문틀에 천천히 발을 올리자 양말을 신은 발 앞부분이 흐릿해지며 어둠에 물들었다. 깜부기불처럼 꺼져가는 조명에 손을 쭉 내밀었다. 문을 넘어간 손끝부터 팔이 뚝 떨어져 나간 것처럼 사라졌다. 찌릿한 통증에 재빨리 손을 거둬 끌어안았다.

"거기서 뭐 해?"

가방을 메고 나온 지혁이가 그 뒤에서 묻자 혜진은 싱긋 웃으며 고개를 내저었다. 지혁은 운동화를 신고 혜진을 돌아봤다.

"안 가?"

"먼저 가. 엄마가 아직 안 오셨어."

작게 속삭이자 지혁이 고개를 끄덕였다. 학원 문을 나서던 그가 멈춰 뒤를 돌아봤다.

"떡볶이 언제 먹을래? 네가 좋아한다는 그 매운 떡볶이 말이야. 내가 사주기로 했잖아."

"왜?"

"네가 도와준 거에 대한 보답으로? 네가 사라며?"

이미 먹었다고 말할까? 변함없이 맵고 속에 끌어안은 생각들이 잊힐 만큼 맛있었다고?

"지혁아."

계단 위에서 지혁의 엄마가 그를 불렀다. 혜진은 어서 가라고 손을 흔들었다. 지혁은 습관처럼 쭈뼛거리며 발걸음을 옮기다가 다시 혜진을 돌아봤다.

"오늘 고마웠어. 네가 아무렇지 않게 날 대해줘서 너무 고마워. 너도 고민이 있으면 말해. 나도 널 도와줄게. 할 수 있다면."

그 누가 자신에게 저런 말을 했던 적이 있던가?

"그래."

혜진은 고개를 끄떡였다. 지혁은 수줍게 웃으며 계단을 올라갔다. 잠시 뒤 계단의 불빛이 꺼졌다.

"쟤는 자기 일 처리도 부모가 해줘야 겨우 하면서 누굴 돕겠다는 거냐?"

혜진의 뒤에 선 원장이 혀를 찼다. 슬리퍼를 신은 발이 바닥에 끌리는 소리가 들려왔다.

"쟤도 한 사람이에요. 생각이 있고 의지도 있어요. 지금은 그냥 힘든 시기일 뿐, 이 시기가 지나가면 누구를 충분히 도와주기도 하겠죠."

혜진을 지나친 원장이 어두운 계단 위를 올려다봤다. 지하의 퀴퀴한 곰팡내가 유일한 출구로 흘러갔다. 그는 입술을 끌어 올렸다.

"그래 당장은 누구처럼 옥상에서 뛰어내리지 못하겠지. 그게 누구 덕분일 것 같으냐?"

원장이 비아냥거리며 열린 철문의 손잡이를 잡았다. 그 말에 혜진은 그날의 옥상 난간으로 끌려간 것 같아 뒷걸음질쳤다. 차가운 바람이 교복 자락을 치대고 발밑으로는 차들의 헤드라이트 불빛과 경적이 어지러이 맴돌았다. 현기증이 일어 몸이 뒤로 넘어갔다.

쾅. 철문이 굳게 닫혔다.

“집에 가고 싶어요. 엄마가 보고 싶어요.”

“그 기회를 버린 건 너지 내가 아니야.”

원장은 몸을 숙여 혜진이 있던 바닥에서 손때 묻은 토끼 인형을 주워 들었다.

지혁

지혁은 아직 수업이 한창인 학교를 빠져나왔다. 텅 빈 운동장에 바람의 꼬리를 따라 낙엽이 뒹굴었다. 오후의 햇빛은 길게 늘어졌고 푸른 하늘은 더없이 공허했다. 그는 흘러내리는 가방을 붙잡으며 교정을 달려 나갔다. 간밤에 지혁의 핸드폰에 모르는 번호로 메시지가 왔다. 혜진이었다. 갑자기 만나자며 지혁의 학교로 찾아오겠다고 했다. 학교에 있을 시간인데도 억지로 약속 시간까지 정했다. 그때가 아니면 안 된다며 도와달라는 말에 지혁은 마지못해 승낙했다.

교문 앞을 지나 주위를 보자 혜진이는 보이지 않았다. 선생님께 조퇴 허락을 받느라 10분 정도 늦었을 뿐이다. 핸드폰을 꺼내 혜진에게 메시지를 보내는데 누군가가 뒤에서 그의 어깨를 두드렸다. 혜진인가? 돌아보니 어떤 여자애가 눈살을 찌푸리고 있었다. 어느 학교인지 모를 교복을 입었고 지혁이보다 두 뼘은 작은 키의 아이가 본인의 핸드폰을 봤다.

"늦었잖아."

"누구?"

초면인데도 아이는 지혁이를 거침없이 대했다. 짜증을 내며 지혁의 손까지 잡았다. 그리고 성큼성큼 앞서 걸었다. 당황한 지혁이 그 손을 빼려고 했지만, 손아귀 힘이 얼마나 센지 따라 걸을 수밖에 없었다.

"여기서 가만히 있다가 누구한테 들켜서 끌려갈지도 모르니까 빨리 와."

"너 누군데. 왜 이러는데?"

"나라고! 이혜진!"

"뭐?"

무슨 장난을 이렇게 재미없게 치는지 황당했다. 아이는 핸드폰을 지혁에게 불쑥 내밀었다. 어제 주고받은 메시지가 떠 있었다.

"월영시 그 지하에 있는 수학 단과반에서 만난 그 이혜진이라고. 그래 당황했겠지. 지금 이 상황이 이해 안 되겠지. 알아. 하지만 밖에서 널 만날 방법은 이것밖에 없었어. 평소엔 구 원장이 몰래 엿듣고 있거든. 네가 매운 떡볶이 사준다고 했잖아. 너 수학 점수 안 나온다고 나한테 신경질 내고 그래서 내가 너한테 문제도 알려주고, 만점 받은 거 어떻게 했는지 기억 안 난다며? 내가 신경 쓰지 말라고 했지만, 왜겠어? 내가… 내가 지금 이 여자애 몸속에 들어와 있는 것처럼….”

“내 몸속에 들어왔다고?”

“그래. 일단 좀 빨리 걸어줄래? 시험 끝나자마자 몰래 나온 건데 얘 엄마도 좀 극성맞아서.”

아이는, 아니 혜진이는 빠르게 걸으며 주위를 연방 둘러봤다. 지혁은 너무도 혼란스러워서 혜진이를 따라 무작정 걸었다. 앞서는 아이의 머리 위에 부서지는 햇빛에 혜진이를 처음 본 순간을 떠올렸다. 깜박이는 조명 빛에 반사된 모습은 너무 눈부셔서 어둠에서 빛으로 교차될 때 금방이라도 사라져 버릴 것 같았다. 어쩌면 그때 혜진이를 이 세상 사람처럼 보지 않았을지도 몰랐다.

넋이 나간 채 큰길을 걷다가 도로를 건넜다. 사람들이 북적이며 오가는 길에서 골목으로 접어들었다. 그들은 골목 끝에 있는 작은 커피숍으로 들어갔다. 지혁이 구석진 테이블

앞에 털썩 주저앉자 음료를 주문하던 혜진이가 돌아왔다.

"야 너 돈 있어? 앤 엄카만 가지고 있더라. 지금 쓸 수는 없어."

"어? 아, 어."

지혁이가 상의 안쪽에 있는 지갑을 꺼내자 혜진이 빼앗아 들고 카운터로 갔다. 멍하니 테이블을 보던 지혁은 일단 하나하나씩 떠올렸다. 학원에 처음 간 것부터 해서, 혜진이를 만나고, 같이 예비 시험 문제를 풀고. 머리를 쥐어뜯었다. 혜진이가 내 몸속에 들어왔다면, 어떻게 그럴 수 있지? 그러나 어떻게 보면 모의고사 날이 전체적으로 기억이 안 난다는 게 납득이 됐다. 아니 대체 어떻게 그럴 수 있냐고!

혜진이가 음료를 가지고 돌아왔다.

"자 시원한 레모네이드 마시고 정신 좀 차려."

"신 거 싫어."

"죽지는 않잖아."

지혁이는 머리털을 쥐고 있는 손을 내려놓으며 눈앞에 앉아 있는 여자애를 마주 봤다. 자세히 보아도 처음 본 여자애일 뿐 익히 알고 있던 혜진이가 아니었다. 그럼에도 그녀는 지혁의 앞에서 혜진이처럼 행동했다.

"너는 죽었고?"

"…그래."

"대체 어떻게 이런 게 가능하단 거야?"

"나도 몰라. 난 그냥 세상 모든 게 싫었어. 전교 1, 2등에 목숨 걸었고 전국 상위권을 노렸지. 너도 알잖아. 문제 하나에 순위가 뒤바뀌는 거. 그날도 그랬어. 살고 싶지 않았고 정신 차려보니 학원 옥상이었고. 그러다 보니, 내가 죽었다는 거야."

마지막 말에 혜진은 카운터 앞에 있는 주인을 돌아보고는 숨죽여 말했다. 지혁은 앞에 있는 레모네이드를 들어 크게 들이켰다. 차갑고 새콤달콤한 음료가 목으로 넘어갔다. 톡톡 튀는 탄산에 정신이 번쩍 들었다. 묻고 싶은 게 너무도 많았다.

"원장님이 그랬어?"

"어."

"어떻게? 어떻게 그렇게 할 수 있어?"

"뭐가?"

"어떻게… 남의 몸속으로 들어올 수 있어?"

지혁은 혜진처럼 주인을 의식해서 몸을 앞으로 숙여 조용히 물었다.

"원장에겐 어떤 힘이 있어. 우리를 속박하고 부리는 힘. 그래서 우리는 죽을 때 가지고 있던 물건에 강제로 깃든 채 지내고 있지. 너 빙의라고 알아? 그 귀신이 사람 몸속으로 들어가서 맘대로 행동하는 거. 나 같은 공부 잘하는 귀신이 너 같은 애들 몸에 시험 때마다 들어가서 대리 시험을 봐주는 거지. 너희들은 우리가 쉽게 들어가기에 좋은 상태거든. 성적에 집착하지만, 그로 인해 정신이 해이해져 있지. 기가 약해졌다는 거야."

"우리?"

"너 같은 애가 한둘이겠어? 나 같은 귀신이 한둘이겠냐고. 나처럼 기회를 잃어버린 애들을 이용해 원장은 돈 벌 기회를 잡았어. 한번 그 손에 들어가면 다시는 빠져나올 수 없어. 우리는, 나는 이제 자유롭고 싶어. 그러기 위해선 누가, 누군가가 도와줘야 해."

성에가 낀 투명 컵 안에서 각얼음이 무너졌다. 지혁이 멍하니 있자 혜진이 그 손을 잡았다. 평소 차갑기만 했던 손에서 전해져오는 온기가 낯설어 지혁은 슬그머니 손을 뺐다.

"싫다면 그냥 도망치면 안 돼?"

"도망? 육체도 없이 학원 문을 나서는 순간 우린 고통과 함께 사라져버려. 그리고 다시 학원으로 돌아오지."

지혁은 원장실 장식장에 놓인 오래된 물건들을 떠올렸다.

"그래서 너를 도와줄 그 누군가가 나라고?"

"너도 알다시피 누가 이걸 믿어줄까? 나는 널 믿어줬잖아. 안 그래?"

"그건 네가 한 짓이고 넌 그걸 잘 아니까. 아니, 대체 내가 널 어떻게 구해준다고 그러는 거야."

지혁이는 다시 두 손으로 머리를 쥐어뜯었다. 왜 자기한테 이런 부탁을 하는 걸까. 자긴 그저 수능이 코앞인 고3일 뿐인데. 대학 가겠다고 아등바등 발버둥 치는 바보일 뿐이었다. 그는 고개를 들어 아무 말도 못 하고 자신만을 바라보는 아이를, 혜진이를 쳐다봤다.

"원래 살았다면 몇 살이야?"

지혁은 물었다. 말하고 나서야 그것이 정말 궁금했던 것임을 깨달았다.

"너보단 다섯 살이나 많아."

"누나라고 불러야겠네."

볼멘소리에 혜진이가 웃었다.

그때 그녀의 핸드폰 벨 소리가 울렸다. 수신을 거부하려 핸드폰을 들던 혜진이 무심코 창문 너머를 보다가 헉 소리를 냈다. 창문 너머 저 멀리 정장을 입은 중년 여자가 다가오고 있었다. 그 모습에 화들짝 놀란 혜진이가 테이블 밑으로 숨었다.

"왜 그래?"

"이 애 엄마야. 어떻게 여기 있는 걸 알았지?"

지혁은 혜진이 쥐고 있는 핸드폰을 봤다. 아무래도 그녀는 핸드폰에 자녀 위치 추적 앱이 깔려 있는지 몰랐던 듯하다.

영희

"수능이 다음 주지?"

근래에 지혁 아빠는 별다른 약속이 없으면 일찍 들어왔다. 함께 아들을 기다리고 밤늦게 지혁이가 오면 가만히 있다가 아이가 잠들기 전에 방에 들어가서 부자끼리 짧은 대화를 했다. 그동안 지혁의 교육은 영희에게 맡겼으나 내심 만족스러운 성적을 내지 못해 불안해하는 건 그도 마찬가지였다. 점수가 부족한 걸 영희 탓으로 돌려 타박하기도 했다. 하지만 수능 전 마지막 모의고사에 만점을 받자 욕심이 생긴 듯했다. 재수까지 생각했는데 단번에 의대에 합격할지 모른다는 희망. 가장으로서의 체면을 중시하는 남편은 수능이 다가올수록 조급함과 긴장으로 초조해하며 아이를 찾아가 말했다.

"괜찮아. 긴장하지 말고 저번처럼만 해. 그럼 그동안 고생했던 것에 대한 보답이 네 앞에 펼쳐지는 거야. 이 아버지가 다 준비해놨어. 네 엄마가 너를 가졌을 때부터, 아니, 내가 서울의대를 목표로 공부했을 때부터 이 모든 게 다 준비된 거였어. 너는 아빠가 준비한 밥상에서 밥만 떠먹으면 되는 거야. 아빠는 너를 믿어. 넌 그걸 한 번 보여줬고, 그렇기에 해낼 수 있어."

마치 그 말을 함으로써 다 이루어질 것처럼. 영희는 그 말이 지혁이에게 부담이 될 거라고 생각했으나 누구도 그 고집을 꺾을 순 없었다.

날 때부터 자신만 아는 이기적인 성격. 모든 건 자신이 일궈냈다는 착각.

"그동안 괜한 걱정을 했어. 나약한 정신으로 버티는 모습이 못마땅했는데 역시 날 닮아서 큰 한 방을 갈길 줄 아는 놈이야. 하하하!"

남편은 혼자 멋대로 정한 계획이 조금이라도 어긋나면 바로 남 탓을 했다. 그 '남'이 대체로 영희였다. 매 순간 지긋지긋했지만, 저런 인간임을 알면서도 결혼한 이유는 서로 바라보는 방향이 같았기 때문이었다.

지혁

수능 전날은 마지막으로 수능 대비 문제를 풀자는 원장님의 제안으로 학원에 왔다. 그래야 혜진이를 그의 몸에 빙의시킬 수 있다. 지혁은 원장님이 곱게 보이지 않았다. 처음부터 그에겐 무언가 꿍꿍이가 있으리라고 생각했다. 귀신을 부린다는 건 생각지도 못했지만, 옳지 않은 일을 하는 건 같았다. 심장이 빠르게 뛰는 소리가 귓가에 들렸다. 수능 때문일까, 아니면 오늘 정한 혜진이 구출 작전 때문일까.

혜진이와 지혁은 평소처럼 원장님이 내준 작년 수능 수학 문제를 다시 풀었다. 지혁은 그 문제를 풀기 전에 생각했다. 이 모든 것이 거짓말 같았다. 혜진이가 장난을 친 것이고 어쩌면 만점 받은 것이 자신의 능력일지도 몰랐다. 그래서 눈앞의 문제에 집중했다. 지문을 재차 읽고 공식을 대입해보았다. 혜진의 말처럼 머리를 굴렸다.

그러나 그것은 생각일 뿐이었다. 문제는 여전히 어려웠다.

"넌 공통은 괜찮은데 미적분에서 너무 약해."

"알아. 제대로 이해한다고 생각하는데 매번 어그러져."

자꾸 손에서 진땀이 나와 샤프가 헛돌았다.

"너 긴장했어?"

"모르겠어."

혜진이 깔깔거리며 웃었다.

"걱정하지 마. 다 잘될 거야."

혜진이의 차가운 손이 지혁의 어깨에 닿았다. 지혁은 고개를 끄덕였다.

수업이 모두 끝났다. 내일이 수능이라 평소보다 이른 시간에 끝이 났으나 지혁은 엄마한테 평소처럼 늦게 끝난다고 말해둔 터였다. 몽롱한 느낌이 들었다. 몸에 혜진이가 들어와 있을까? 머릿속으로 말을 걸어봤지만, 아무 대답이 없었고 그런 자신이 바보 같았다. 지난 시험 때 정신이 확 사라진 걸 보면 혜진의 영혼이 아직 몸에 적응하는 중인 것 같았다.

지혁은 학원 근처 어둑한 길모퉁이에서 가로등의 주황 불빛을 피해 어둠 속에 몸을 숨겼다. 찬바람이 코트 깃을 흔들어댔다. 추위에 몸이 벌벌 떨려오는데 원장님은 나올 기미가 없었다. 몸을 파르르 떨며 흐르는 콧물을 코트 소매로 닦았다. 끼익. 드디어 학원 건물의 두꺼운 유리문이 열리고 그 사이로 왜소한 몸이 삐져나왔다. 원장님은 언제적 유행이었는지 모를 가죽 잠바를 걸친 채 사나운 바람에 맞서 대로를 지나갔다.

잠시 뒤 지혁은 주위가 고요해지기만을 기다렸다가 인적이 없자 재빨리 학원 건물로 들어갔다. 낮은 조도의 조명이 비추는 주위를 둘러봤다. 평소보다 건물 안은 고요했다. 걸음을 조심스레 옮겨도 운동화가 바닥을 딛는 소리가 크게 들려왔다. 밑으로 내려가는 계단 센서 등이 켜졌다. 그 앞에서 연방 뒤를 돌아본 지혁은 힘겹게 철문 앞에 도착했다. 철문과는 어울리지 않는 도어락에 손을 올렸다. 그리고 일전에 혜진이가 알려준 비밀번호를 눌렀다. 원장님이 원주율을 좋아한다고 했다. 3141. 너무 쉬워 잊어먹을 수도 없는 숫자.

문이 날카로운 소리를 내며 열렸다. 생각보다 너무도 큰 소리에 지혁은 하던 행동을 멈췄다. 숨조차 쉴 수 없었다. 잠시 아무런 일도 일어나지 않자 그는 문을 살짝 열어 그 안으로 들어갔다. 학원 내부는 간접조명을 켜놓아서 원장실까지 가는 길이 어렵지는 않았다. 잠기지 않은 문은 수월하게 열렸고 지혁은 핸드폰 조명을 켜서 장식장 한편에 있는 때 묻은 분홍 토끼 인형을 주머니에 넣는 데 성공했다. 심장이 목구멍으로 튀어나올 것 같은 긴장감과 성공에 도취되어 어떻게 학원을 빠져나왔는지 모를 정도였다.

아니, 그는 몰랐다. 그 순간 혜진의 영혼이 그의 영혼을 잠식했으니까.

"드디어 자유야. 새로운 몸으로, 새롭게 시작할 수 있어!"

히죽 웃으며 철문을 힘껏 열었다. 쾅 하고 요란한 소리가 들렸다. 상관없었다. 문밖으로 팔을 뻗자 더는 고통이 느껴지지 않았다.

영희

지독했던 수능이 끝났다. 내내 회색빛으로 잔뜩 찌푸렸던 하늘에 눈발이 흩날렸다. 굳게 닫혔던 교문이 열리고 학생들이 쏟아져 나왔다. 그 앞에 길게 주차된 차들 사이에서 영희는 추위도 잊은 채로 지혁이가 나오길 목이 빠지게 기다리고 있었다. 그녀를 지나치는 앳된 아이들의 표정에선 시험이 끝나 홀가분한 얼굴과 암담한 얼굴이 교차했다. 그 면면에 영희마저 같은 표정을 지었다. 얼마나 마음을 졸였을까. 영희는 낯선 아이들 속에서 아들 지혁을 발견했다.

"지혁아!"

손을 흔들자 환한 표정의 아들이 손을 마주 흔들었다. 너무도 밝은 표정이라 잠시 멈칫한 영희의 가슴에 신뢰의 기쁨이 점차 솟구쳤다. 해냈다는 자신감이 옮아 그녀는 마음 편히 웃을 수 있었다. 지혁이가 그녀에게로 뛰어왔다.

"시험 어땠어? 어렵지 않았어?"

아이는 고개를 흔들고 대답했다.

"쉬웠어."

찬바람에 아이의 얼굴이 발갛게 텄다. 영희는 지혁의 얼굴을 쓰다듬으며 어서 차에 타자고 했다. 차가 도로에서 좀처럼 움직이지 않았으나 영희는 느긋했다.

"참, 구 원장님이 전화 주셨어. 너 시험 잘 보고 있는지, 아침엔 괜찮았는지. 참 고마우신 분이야."

"뭐라고 안 그래?"

"뭐라고? 아, 무슨 분홍 토끼 인형 이야기를 하던데. 그거

못 봤냐고. 네가 가져간 것 같다면서 만약 보면 자기한테 가져다 달라거나 태우라던데? 그거 정말 네가 가져갔어?"

영희는 앞에서 잠시 시선을 떼 옆에 있는 지혁이를 봤다.

"그걸 내가 왜 가져가? 그 더러운 걸."

"그렇지. 우리 아들이 그런 걸 가져올 일이 없지. 인형 찾는 애도 아니고."

신호가 바뀌자 꽉 막혔던 도로에서 조금씩 나아갈 수 있었다.

"엄마, 그거 알아? 수학에서는 0.99999…를 줄여서 1이라고 표시해. 그렇지만 0.99999…와 1은 절대 같지 않아. 내가 바라는 1이 되려면 어떻게 해야 하는지 알아?"

시험이 끝나 속 시원한지 아이가 재잘거렸다. 수학이라면 그렇게 치를 떨더니 어느새 수학적인 비유를 하기 시작했다. 수학 단과반에 보내길 참 잘했다는 생각이 들었다.

"어떻게 하는데?"

"0.99999…를 없애면 되는 거야."

그 말에 섬뜩한 느낌이 들었으나 괜한 기분 탓이리라. 영희는 웃었다.

"우리 아들 수학에 푹 빠졌구나."

"응, 이제 메르센 소수를 맘껏 풀 수 있어."

그게 뭔지는 모르겠지만, 영희는 집으로 향하는 도로가 뻥

뚫려 속이 시원했다. 수능이 끝이 났다. 이것은 끝이 아니라 시작이었다. 아들 지혁이가 올바른 길로 잘 나아갈 수 있게 그녀는 언제나처럼 최선을 다할 것이다.

작가의 말

처음 《괴이, 학원》 앤솔로지를 제안받았을 때 저는 좌절을 막 이겨내고 있었습니다.
'내 글 구려병'으로 연이은 공모전과 투고에 떨어져 앞날이 막막하기만 했거든요. '재능이란 건 1퍼센트도 없고 노력만으로도 다 되는 건 아니지 않을까?'란 이런저런 생각들을 주인공 지혁에게 투영시켰습니다.
저도 수능을 봤지만, 이렇게 치열한 방식으로 공부를 하지 않았기에 이 글을 쓰기까지 지인들과 인터넷의 도움을 받았습니다. 늘 그랬지요 :) 그래서 무엇이든 다 알고 위풍당당한 혜진이 캐릭터가 나오지 않았나 싶습니다.
이 글은 어른들이 만든 극한의 상황을 마주한 아이들의 이야기입니다. 물론 공포물이라 이야기는 비극적으로 끝나지만, 조금은 서로 상처를 보듬지 않았을까요….
어쨌든 어른들이 다 나쁘고 저는 잘살고 잘 쓰고 있습니다.
늘 감사합니다.

—배명은

1F · 2F

특별 수업

김선민

저의 특별함에 대해 이야기하자면 가장 처음으로 말씀드려야 할 것은 학원입니다. 예, 학원이요. 정확하게 말하자면 논술학원입니다. 공원가의 오래되고 허름한 건물에 있는 평범해 보이는 논술학원이었습니다. 저는 꽤 많은 일들을 겪고 그곳으로 갔습니다.

그 학원을 처음 발견한 것은 말 그대로 우연이었습니다. 거의 가본 적 없는 동네를 배회하고 있었는데 뜬금없는 곳에 학원 건물이 서 있었기 때문에 호기심이 생겼습니다. 아마도 모든 것에서 고립되어 있던 제 상황 때문에 오히려 아무도 안 올 것 같은 허름한 학원에 관심을 가졌는지도 모르겠습니다.

학원 안으로 들어갔을 때는 상당히 놀랐습니다. 제 예상

보다 훨씬 허름하고 볼품이 없었거든요. 제대로 운영이 되는 곳인지조차 의심이 갈 정도로요. 들어가니까 앞에 어떤 여자분이 하나 앉아 있었습니다. 그분이 어떻게 온 것이냐고 물어봐서 상담을 받아보고 싶다고 대답했습니다. 그러자 그분은 저를 위아래로 훑어보면서 고민하더니 이내 상담실로 데려갔습니다.

허름한 외관과 달리 학원 내부는 매우 깔끔하고 자재들도 모두 고급스러웠습니다. 어떤 면에서는 월영시 내의 유명 학원들보다 더 잘되어 있는 것 같았습니다. 상담실에서 마주 앉은 후에야 선생님을 비로소 자세히 살펴볼 수 있었습니다. 창백할 만큼 하얀 얼굴에, 위아래를 검은 옷으로 갖춰 입은 사람. 목소리가 살짝 허스키한 것을 제외하고는 특별히 기억할 만한 것은 없었습니다.

선생님께서는 이 학원을 찾아서 들어온 것 자체가 상당히 특별한 일이라는 말씀을 먼저 했습니다. 그 당시에는 그 말이 무슨 뜻인지를 이해하지 못했습니다. 이어지는 상담은 다른 학원과 비슷했습니다. 제가 다니는 학교와 성적을 비롯해 목표하는 대학 등을 먼저 물었고, 수업을 들을 수 있는 시간을 묻는 정도였습니다. 특이한 점은 그 학원은 어떤 학생이든 일대일로 수업이 이루어지기 때문에 다른 학생들과 마주칠 일이 없었다는 것 정도였습니다. 사실 제 입장에서는 굉

장히 끌리는 부분이었습니다. 당시에는 다른 사람과 마주치는 것 자체가 큰 스트레스였기 때문에 이 학원에 다니기로 결정했고, 매일 정해진 시간에 나와서 선생님과 두 시간 정도 논술을 배우기로 했습니다.

처음에는 선생님께 평범하게 논술을 배웠습니다. 사실 저는 성적이 상당히 좋은 편이라서 딱히 논술을 배우지 않아도 대학에 가는 것 자체는 그리 어렵지 않았습니다. 하지만 아까도 말씀드렸듯 당시의 저는 상당히 고립된 상태여서 무엇이든 시간을 보낼 만한 일을 찾고 있었습니다. 논술 수업은 그런 면에서 상당히 괜찮은 선택이었습니다. 사실 처음에는 수업 내용을 별로 기대하지 않았지만 막상 배워보니 선생님의 폭넓은 지식과 수려한 화술, 정확한 지도 방식에 꽤 만족할 수 있었습니다. 저는 마치 아무런 일도 없었던 것처럼 평범하게 일주일에 세 번 학원에 가서 논술을 배우고 늦은 밤에 집으로 돌아가기를 반복했습니다.

그러던 어느 날 제가 쓴 글을 보더니 선생님께서 이렇게 말씀하시는 겁니다. 제 글이 특별하다고 말입니다. 그게 무슨 뜻인가 하고 다시 여쭈어보니 저에게 다른 사람을 움직이는 힘이 깃들어 있다는 겁니다. 이는 상대방에게 자신의 의사를 전달하는 것만으로도 그 사람에게 변화를 일으키는 힘이라고 말씀하셨습니다. 그 힘이 어떤 것인지 어렴풋하게나마 이해할 수 있었습니다. 이전에 겪었던 일들을 통해 저는 사람은 다른 사람을 종속시킬 수도, 극단적인 변화를 일으킬 수도 있음을 알고 있었기 때문입니다. 그날 이후 선생님께서 저에게 새로운 공부를 해보는 것이 어떻겠느냐고 권해주셨습니다. 일종의 특별 수업인 것입니다. 저는 그 수업에 관심을 갖고 한번 해보기로 했습니다.

새로운 수업은 논술학원이 있는 1층이 아닌 2층에서 이루어졌습니다. 학원이 있던 허름한 건물은 이상한 분위기로 휩싸여 있는 곳이었지만 특히나 2층은 더더욱 이상했습니다. 왜냐하면 올라갈 수 없도록 막혀 있었기 때문입니다. 계단으로 올라가도 문이 잠겨서 들어갈 수 없었고, 엘리베이터도 2층은 눌리지 않아 올라갈 방법이 없었습니다.

그런데 저를 데리고 엘리베이터에 올라탄 선생님이 2층 버튼을 누르자 신기하게도 버튼에 불이 들어왔습니다. 절대 눌리지 않던 버튼이 눌렸다는 점에서 뭔가 이상한 느낌이 들었습니다. 한 층밖에 안 올라가는데도 엘리베이터가 오래돼서 그런지 꽤 시간이 걸렸습니다. 그리고 문이 열리자 비밀에 감춰져 있던, 열리지 않았던 2층에 들어갈 수 있었습니다.

2층에 들어간 저는 상당히 실망할 수밖에 없었습니다. 왜

냐하면 2층은 평범한 독서실이었기 때문입니다. 1층과 마찬가지로 고급스럽게 꾸며진 독서실에는 이미 학생들이 앉아 있었습니다. 모두 고개를 숙인 채 공부를 하고 있어 얼굴은 볼 수 없었습니다. 선생님은 저에게 가장 안쪽 자리를 내주고 그곳에 앉아 공부하라고 하셨습니다. 그러고는 저에게 되도록 다른 학생들과 말하지 말라고 당부하셨습니다. 저는 여기 있는 학생들과 좀 다르다는 이유였습니다. 그 당시에는 왜 그런 말씀을 하시는지 잘 몰랐습니다.

독서실 자리를 받고 나서부터 선생님께 배우는 내용이 조금씩 달라졌습니다. 이전에는 다양한 주제에 대해 제 생각을 밝히는 글을 쓰고 선생님께 첨삭을 받았다면 이후부터는 좀 더 '말' 자체에 집중하게 됐습니다. 선생님께서는 끊임없이 물어보셨습니다. 말이란 무엇인가. 말에 담긴 힘이란 무엇인가. 선생님은 집요하게 저에게 '말'이 무엇인지를 묻고 또 물었습니다.

제가 성격상 뭔가를 오랫동안 하지를 못합니다. 그래서 어렸을 때 장난감을 실컷 가지고 놀다가도 싫증을 느끼면 금세 다른 걸로 바꾸고는 했습니다. 특별 수업도 같은 내용이 계속 반복되고 같은 것을 계속 고민하고 생각해야 하니 점점 싫증이 나기 시작했습니다. 평소의 저라면 학원을 곧장 그만

둬도 이상하지 않았을 겁니다. 그런데 싫증을 느끼는 것과 별개로 이상하게 머릿속에서 계속 선생님의 목소리가 맴돌았습니다. '말'이란 무엇인가에 대해서 말입니다.

머릿속에 맴도는 선생님의 말소리가 점점 커지면서 뭔가를 깨달았습니다. 지루하게 느껴졌던 선생님의 질문을 다른 시각으로 바라볼 수 있게 됐습니다. 새롭게 깨달은 내용들로 다시 대답하자 선생님은 놀라워하시며 진도가 매우 빠르다고 저의 재능을 칭찬하셨습니다. 그 이후로는 새로운 단계로 나아갈 수 있었습니다. 선생님께서는 다양한 책들을 주셨고 저는 그 책들을 읽으며 새로운 지식을 받아들였습니다.

선생님께서 주신 책들은 시중에서 구할 수 없는 특별한 내용을 담고 있었기에 매우 흥미로웠습니다. 제가 몰랐던 세계가 펼쳐진 것입니다. 예전에는 그냥 흘려듣거나 대충 말했던 것들 하나하나가 새롭게 다가왔습니다. 우리가 하는 평범한 말들, 그 하나하나에 담겨 있는 기호와 상징 그리고 무의식 중에 깃든 힘이 얼마나 대단한 것인지를 알게 되면 깜짝 놀랄 것입니다. 말은 사람들을 변화시킬 수 있고, 또한 다른 이들에게 특정한 행동을 수행하게 시킬 수도 있습니다. 저는 제 머릿속에서 빙빙 맴돌던 말이 선생님께서 심어둔 것임을 그제야 깨달았습니다. 그러고는 전율했습니다. 평범한 말이 이런 식으로 사람에게 작용할 수 있다는 것을 직접 경험했기 때문입니다.

선생님께서는 누구나 말에 힘을 실어 넣을 수 있다고 했습니다. 말에 담긴 어조와 어감, 단어의 배열을 바꿨을 때 다른 사람에게 어떤 영향을 끼칠 수 있는지 면밀하게 배웠습니다. 이를 위해서는 공부해야 할 것이 너무도 많았습니다. 말이 무엇인지에 대한 이해도 필요했고, 쓰는 단어와 발음, 배치, 그 안에 담긴 기호와 상징들의 의미, 그 연결 방식에 따라 어떻게 다른 의미가 전달되는지도 배워야 했습니다. 무엇보다 이렇게 설계한 말로 상대방에게 직접적으로 변화를 일으키는 것은 더욱 어려운 일이었습니다. 선생님께서는 저에게 재능이 있으니 걱정하지 말고 천천히 공부하자고 독려해 주셨습니다.

저는 특별 수업에 완전히 빠져들었습니다. 독서실 책상에 선생님께서 주신 다양한 책들을 쌓아두고 매일 읽고 분석하고, 도식을 그려가면서 열심히 공부했습니다. 언젠가부터 학교에서도 오로지 이 새로운 수업 생각으로 머릿속이 가득 차 있었습니다. 어차피 학교 공부는 선행 학습으로 대부분 끝낸 상황이었기 때문에 지루하게 문제 풀이만 반복할 뿐 딱히 특별한 것은 없었습니다. 더군다나 학교에 있다 보면 좋지 않은 기억들만 떠올라서 신경을 돌릴 다른 것이 필요했습니다. '말'에 대한 특별한 수업은 학교를 잊고 관심을 한곳으로 집중시킬 좋은 흥밋거리였습니다. 그래서인지 그전까지는 학교에 가는 것 자체가 짜증 나고 지옥과 같은 일이었는데 어느새 무감각해졌습니다. 문제는 그때 터졌습니다. 모두 잊었다고 생각한 일들이 다시 저를 괴롭히기 시작한 것입니다.

조용히 학교를 다니던 저를 누군가가 단톡방에 초대했습니다. 그 단톡방 안에는 이름을 알 수 없는 꽤 많은 사람들이 모여 있었습니다. 그들은 제가 단톡방에 들어가자마자 폭언을 무분별하게 쏟아부었습니다. 이제는 잊혔다고 생각했던 예전 사진들과 영상들을 올리면서 과거에 있었던 일들을 다시 불러오는가 하면 저에 대한 수많은 좋지 않은 소문들을 빌미로 시비를 걸거나 없는 말을 지어냈습니다. 단톡방에서 나오려고 했지만 그때마다 다시 불러들이고, 또 불러들이면서 폭언을 계속 쏟아냈습니다. 이런 일이 매일 반복되었습니다.

학교에 가고 싶지 않았지만 집안 사정 때문에 대놓고 집에만 틀어박혀 있을 수는 없었습니다. 꽤 유명한 배우인 어머니는 사치가 심해 빚이 상당했는데 이를 감당해줄 남자를 찾아 재혼했습니다. 어머니와 재혼한 남자는 사회적 체면이 중요한 사람이라 제가 학교를 중간에 그만두는 것을 극도로 싫어했습니다. 자신의 완벽한 인생에 제가 흠집을 만든다 생각하는 듯 저에게 적어도 정상적인 방식으로 졸업하기를 완강하게 강요했습니다. 고등학교를 졸업하고, 명문대에 들어갈 성적을 받기만 하면 대학은 해외로 내보내주겠다는 계약을 한 것입니다.

어쩔 수 없이 학교를 계속 나가야 했지만 괴롭힘은 더욱 심해졌습니다. 단톡방에서 익명으로 폭언을 쏟아내는 것뿐만 아니라 학교에서도 뒤에서 수군대는 소리가 들려왔습니다. 저에 대한 이야기들도 있었고, 제가 하지 않았던 일들도 있었고, 사실과 전혀 다른 거짓된 이야기들도 있었습니다. 하지만 그들에게는 진실 여부가 전혀 중요하지 않았습니다. 단지 저를 두고 뭔가 어두운 감정을 쏟아내는 것 그 자체에만 집중했습니다.

학교에서 고립되어 가면 갈수록 저는 방과 후 모든 시간을 학원에서 보냈습니다. 제가 다니는 학교 학생들은 하현동, 이 후미진 동네까지 학원을 다니지 않기 때문에 유일하게 그 어두운 감정을 담은 시선에서 벗어날 수 있었습니다. 학원에 가서 선생님과 새로운 과목을 공부하고, 수업이 끝나면 2층으로 올라가 독서실 책상에서 공부했습니다. 본래는 선생님이 엘리베이터로 데려다주셔야 2층에 들어갈 수 있었는데, 제 진도가 남들보다 빠르다 보니 놀란 선생님께서 제게 2층을 자유롭게 이용할 수 있는 권한을 주셨습니다. 이전에는 엘리베이터의 2층 버튼을 누를 수 없었는데, 그다음부터는 전혀 문제없이 스스로 버튼을 눌러서 2층으로 올라갈 수 있었습니다. 하지만 여전히 계단을 통해 2층으로 들어가는 문은 굳게 닫혀 있다는 점이 의문이었습니다.

하루는 선생님께 왜 2층 문이 닫혀 있는지, 예전에는 엘리베이터로 올라갈 수 없었는데 왜 지금은 올라갈 수 있는지를 여쭤보았습니다. 그러자 선생님께서 차분한 목소리로 말씀하셨습니다. 제가 이 특별 수업에서 얻은 지식들을 다른 이들에게 전승할 수 있을 정도가 되면 저절로 알 수 있을 것이라고 말입니다. 저는 그 당시만 해도 그게 무슨 뜻인지 잘 이해하지 못했습니다. 그리고 이때로부터 얼마 지나지 않아 첫 번째 변곡점이 생겨났습니다.

그 당시 선생님과 공부했던 내용은 '말'에 대한 것이었습니다. 그 내용도 꽤 재미있기는 했지만, 사실 제 마음속에서는 뭔가 다른 것에 대한 갈망이 있었습니다. 말 그 너머에 뭔가가 더 있을 것이라는 생각이 들었기 때문입니다. 그러던 어느 날 선생님과의 수업을 끝내고서 2층으로 올라가려던 중에 다른 누군가가 놓고 간 듯한 책 한 권을 발견했습니다. 이 책 역시 특별한 내용을 담고 있음을 곧장 깨달았습니다.

그 책을 집어 들어 첫 페이지를 펼치자 눈이 번쩍 뜨였습니다. 그 책은 '글'에 대한 것이었습니다. 말을 통해 힘을 전달하는 법을 익히고 있던 저는 글로도 같은 작용을 할 수 있다는 것을 그때 처음 알게 되었습니다. 그 책을 2층으로 가져가서 단숨에 독파했습니다. 내용 중에 어려운 것도 있었고, 잘 이해가 가지 않은 것도 있었지만 이해가 갈 때까지 계속 읽고, 또 읽고, 선생님께서 참고하라고 주신 다른 책들을 찾아보며 의미를 파악하고 유추해갔습니다.

처음에는 어렴풋하게 머릿속에서만 맴돌던 지식들이 어느새 하나의 흐름으로 정리되었습니다. 그때부터 보이지 않던 것들이 보이기 시작했습니다. '저절로 알 수 있을 거다'라는 선생님의 말씀이 무엇인지를 파악한 것입니다.

지루함을 느꼈던 '말'과 달리 '글'에 대해 이해하기 시작하니 이 특별 수업이 지닌 힘에 훨씬 빨리 적응할 수 있었습니다. 마음 같아서는 더 깊이 파고들고 싶었지만, 제가 가진 건 우연히 발견한 책 하나뿐이라 더 진도를 나갈 수가 없었습니다. 그런 만큼 글을 향한 갈증은 날이 갈수록 심해졌습니다. 선생님께서 말에 대한 새로운 과제들을 내주셨지만 별로 성에 차지 않았습니다. 보이지 않던 것들이 보이기 시작하니 선생님께서 얼마나 조심스럽게 이 새로운 지식들을 전달하고 있었는지 깨달았던 것입니다. 마치 어린아이에게 어떻게 걸음마를 해야 하는지, 옹알이를 어떻게 해야 하는지를 하나하나 알려주듯 기초를 반복하고 또 반복했던 겁니다. 저는 지식을 지식으로서만 받아들이는 일보다 다른 것에 더욱 흥미를 느꼈습니다. 이 힘을 어떻게 쓸 수 있을지, 쓰게 되면 무슨 일이 벌어지게 될지가 궁금했습니다. 여기서 두 번째 변곡점이 생깁니다.

특별 수업에 대한 탐구열로 불타는 학원과는 반대로, 학교 상황은 더욱 악화되어갔습니다. 도를 넘은 비난과 무분별한 악담들이 매일매일 쏟아졌습니다. 제가 아무런 대처를 하지 않고 가만히 있으니 그 강도가 더욱 세졌습니다. 어떻게 보면, 그때 다른 방식으로 이들의 행동을 제재했다면 다른 결과가 나오지 않았을까 하는 생각이 들기도 합니다. 하지만 그런 생각이 들었을 때는 이미 돌이킬 수 없는 일이 벌어지고 난 뒤였습니다.

사실 저는 저를 향한 악담이나 비난 정도는 그냥 듣고 넘길 수 있다고 생각했습니다. 어차피 1년 정도만 더 참으면 졸업하고 해외로 나갈 수 있으니 괜히 일을 더 크게 만들지 말고 나만 참아보자고 안일하게 생각했던 겁니다. 저도 저 스스로를 잘 몰랐던 셈입니다. 문제는 그때 터져 나왔습니다. 악담이 악담으로 끝나지 않고 직접적인 행동으로 표출되기 시작한 겁니다.

어느 날 등교해보니 제 자리가 엉망이었습니다. 온갖 비속어와 더러운 표현으로 점철된 단어들이 책상 위에 어지럽게 적혀 있었고, 오물들이 의자 위에 쌓여 있었습니다. 이를 본 순간 머릿속에서 뭔가가 끊어지는 것을 느꼈습니다. 아, 이게 참기만 해서는 안 되는 것이었구나. 내 생각이 틀렸구나 하고 그제야 깨달았습니다.

어머니와 재혼한 남자, 그 사람이 말했습니다. 얌전히 학교를 졸업하면 해외로 보내주겠다. 그것이 저와 그 남자 사이의 계약이었습니다. 계약은 중요한 것이기에 이를 지키기 위해 저는 부단히 노력했습니다. 하지만 이들이 저지른 일은 남자와의 계약을 지키고자 했던 제 인내심을 깨부수기에 충분했습니다.

저는 더러운 글자와 오물로 뒤덮인 책상으로 다가갔습니다. 남들 눈에는 그저 괴롭힘의 현장으로만 보였겠지만 저에게는 달랐습니다. 보이지 않던 것들이 보이기 시작한 순간부터 저는 사람들이 남긴 글에서 많은 걸 읽어낼 수 있었습니다. 제 책상에 남아 있던 가해자들의 어두운 감정과 그 찌꺼기, 이런 글을 씀으로써 나라는 존재를 어두운 절망 속에 빠뜨리고 싶다는 원초적인 감정들이 고스란히 남아 있었습니다. 이 정도면 충분했습니다. 특별 수업의 힘을 시험해보는데 말입니다.

저는 곧장 학교에서 나와 조용한 곳을 찾았습니다. 좋은 구석이라고는 하나 없는 이 음울한 도시에서 딱 하나 괜찮은 것이 있다면 아무에게도 방해받지 않을 만한 조용한 곳이 많다는 것입니다. 저는 학교 근처의 재개발 구역으로 가서 사람의 흔적 없이 오랫동안 방치된 빈집을 하나 잡았습니다. 그러고는 빈집 앞에 '출입 금지'라는 글자를 써서 붙였습니다. 제 허락 없이는 이제 누구도 이 안으로 들어올 수 없습니다. 2층 엘리베이터를 선생님 허락 없이 탈 수 없었던 것과 같은 원리입니다.

제가 처음 한 일은 빈집을 정리하는 것이었습니다. 안방에 어지럽게 널려 있는 쓰레기를 치우고 깨끗하게 정리한 다음 책상과 의자를 하나 가져와 한가운데 놓았습니다. 그리고 가방에서 미리 준비한 도구들을 꺼냈습니다. 블루투스 키보드와 보조 배터리입니다. 책상 위에 보조 배터리를 연결한 핸드폰을 놓고 키보드를 연결했습니다. 지금으로부터 백 년 전이었다면 아마도 이것보다 준비해야 할 것들이 많았을 겁니다. 이름도 필요하고, 사진이나 초상화가 있다면 더욱 좋고, 의식에 필요한 촛불이나 피를 낼 제물도 있어야 할 겁니다. 하지만 지금은 그런 것이 전혀 필요하지 않습니다. SNS를 조금만 뒤져보면 훨씬 많은 것을 쉽게 찾아낼 수 있기 때문입니다.

저는 단톡방에서 캡처해뒀던, 저에게 악담을 퍼부었던 익명의 누군가들의 '글'을 살폈습니다. 아무리 이름을 가려놓았다고 해도, 디지털 정보가 보호되고 있다고 해도 그들이 가진 악의는 그 안에 고스란히 남기 마련입니다. 특히나 반복적으로 감정을 드러낸 글이라면 지문처럼 그 흔적이 새겨져 있습니다. 캡처한 이미지를 몇 개만 휙휙 살펴봐도 금세 그 흔적들을 분간해낼 수 있었습니다. 그 수많은 악의 속에서 제 책상에 끔찍한 흔적을 남긴 이들이 누군지를 찾아냈습니다. 주도적으로 저를 톡방에 부르고 악의적인 말을 했던 세 명을 특정할 수 있었습니다. 저도 잘 아는 사람들이었습니다. 한때는 저와 친했던 사이였기 때문입니다.

그다음부터는 쉬웠습니다. 그 녀석들의 SNS는 이미 다 알고 있기에 들어가서 필요한 것들만 솎아내면 됩니다. 지금 세상에서 사진을 구하는 것만큼 쉬운 일이 있을까 싶습니다. 사진을 확보한 저는 그들이 쓴 글들을 계속 읽었습니다. 문장과 문장 사이 문단과 문단 사이. 그 행간에 남아 있는, 다른 이들에게는 보이지 않은 것들이 저에게는 모두 훤히 보였습니다. 며칠에 걸쳐서 그들의 정보를 충분히 모았다는 생각이 들었을 때 저는 처음으로 '힘'을 사용했습니다.

그들이 저에게 악의를 담아 쏟아낸 글들을 그대로 되돌려 주었습니다. 제가 보낸 글을 부정하거나 보지 않으려 해도 그럴 수는 없습니다. 처음 특별 수업을 들었을 때 제가 선생님의 말에 사로잡혔던 것처럼 그들 역시 제 힘을 거역할 수 없었습니다. 사흘도 되지 않아 저는 제가 가진 글의 힘을 느낄 수 있었습니다. 악의적인 말을 함부로 하고, 있지도 않은 말을 지어낸 그 녀석들은 학교 화장실에서 목을 매단 시신으로 발견됐습니다. 죽은 그들의 발치에는 피로 쓴 유서가 한 장씩 떨어져 있었는데 딱 한 문장만 적혀 있었습니다. '용서해줘'라는 문장 말입니다.

아마도 저에게 보내는 문장이었겠지만 제대로 용서도 구하지 않은 채 죽어버렸으니 저로서는 어쩔 수 없는 일이었습니다. 그 일이 있고 나서부터 학교가 조금 소란스러워졌습니다. 아무래도 정상적인 방식으로 죽은 것이 아니다 보니 경찰에서도 타살 가능성을 의심하는 것 같았습니다. 하지만 의심은 의심일 뿐 결코 제가 그들의 죽음에 관여했다는 사실은 아무도 알 수 없을 것입니다. 그들이 저에게 내던진 악의를 그대로 글에 담아 되돌려줬을 뿐 사실 제가 딱히 한 것은 없었습니다. 굳이 말하자면 죽은 그 녀석들이 제가 그렇게 비참하게 죽기를 바랐다고 볼 수 있습니다. 그러니 오히려 그

부분에서 놀랐습니다. 그들이 저에게 느끼는 악의가 사실 그 정도인 줄은 몰랐기 때문입니다.

경찰들도 학교에서 이것저것 조사하더니 별다른 것을 찾지 못하고 그대로 자살로 사건을 종결지었습니다. 조사하는 과정에서 귀찮게도 저 역시 참고인으로 불려 갔습니다. 사실 경찰이 저를 부른 이유가 이번 사건이 아닌 과거 사건 때문이라는 것을 부정할 수 없었습니다. 경찰은 과거에 학생 중 하나가 자살한 사건을 들춰냈습니다. 그리고 그 자살이 저와 관계가 있다는 식으로 얘기하며 전혀 인과관계가 없음에도 그 사건과 이번 사건을 연결시키려 했습니다. 저는 있는 사실 그대로를 말했습니다. 아는 것이 없으며 오히려 이번에 죽은 아이들이 저에게 악의적인 메시지를 지속적으로 보냈다고 말입니다.

제 핸드폰에 남아 있는 단톡방 캡처들을 보여주니 경찰들은 당황한 표정을 지었습니다. 만약 이 사실까지 알려지면 사건이 더욱 복잡해질 것이 뻔했기에 그들은 제가 지속적인 괴롭힘을 당했다는 사실을 애써 부정하며 증거로도 채택하지 않았습니다. 저로서는 오히려 잘된 일이었습니다. 짜증나는 것은 오히려 다른 쪽이었습니다. 경찰들은 저와 이 사건이 표면적으로 아무런 관계가 없다는 것을 알면서도 과거에 있었던 사건을 계속 물어보았습니다.

저와 이번에 죽은 세 명, 그리고 1년 전 이 학교에서 자살한 다른 한 명은 이른바 서로 친구라 부를 수 있는 관계였습니다. 꽤 오랫동안 서로 알고 지냈지만, 진부하게도 우리 사이에서 문제가 생겼습니다. 뻔한 이야기입니다. 다른 한 명이 거슬리는 짓을 했고, 저는 언제나 그렇듯 제게 거슬리는 존재를 무감각하게 벌레 짓누르듯이 아무것도 할 수 없게 만들었습니다. 그렇게 하면 자기 행동을 좀 반성하지 않을까 싶었는데 느닷없이 자살한 것입니다. 그러고는 유서에 제 이름을 적어두는 바람에 귀찮고 번거로운 일에 시달려야 했습니다.

학교를 빛낼 인재라며 치켜세워주던 선생들은 어떻게든 자기 자리를 보전하기에 바빴고, 내 어머니와 재혼한 남자는 자신의 체면을 지키려고 여기저기 손을 써야 했습니다. 배우로 평생을 살아온 친모 역시 빛나는 커리어를 위해 그 모든 사실을 부정했습니다. 겨우 저와 그 죽음이 관계없는 일처럼 끝이 나기는 했지만 진짜로 그렇게 되려면 제가 학교를 끝까지 우등생으로 잘 다니고 졸업해야 했습니다. 모두 각자의 사정이 있고 저 역시 그랬기에 치솟아 오르는 감정을 억누르고 스스로를 무감각하게 만들며 계속 학교에 다녔습니다.

그런데 놀랍게도 죽은 세 명은 저에게 잘 보이겠답시고 쓸

데없는 짓을 해서 애를 자살하게 만들더니 그 일이 지나고 나자 이번에는 제게 그 악의의 화살을 돌렸습니다. 그러고는 아닌 것을 알면서도 끊임없이 거짓된 소문을 만들어내 저를 학교에서 고립시켰습니다. 아마도 그렇게 해야 자신들의 악행이, 악의가 가려진다고 생각한 듯싶습니다. 유서에 적힌 것은 제 이름뿐이었으니 저를 괴롭히면 자신들의 죄가 없어진다고 생각한 것이 아니었을까요. 그런 어설픈 자기 합리화가 역겨웠지만 그냥 참아줬습니다. 일을 더 크게 만들고 싶지 않았기 때문이었죠. 하지만 녀석들은 선을 넘어섰습니다. 그렇기에 대가를 치른 것입니다.

특별 수업에서 배운 힘을 쓰고 난 다음에 학원에 가니 선생님은 수업 대신 상담을 하자고 했습니다. 선생님은 제가 힘을 써서 그 세 명을 죽음으로 몰아갔다는 사실을 아는 유일한 사람이었기에 저는 평소 같지 않게 긴장했습니다. 선생님은 언제부터 이런 힘을 쓸 수 있었는지를 물어보셨습니다. 우연찮게 발견한 책을 통해 글로 힘을 전달하는 법을 배웠다고 답하자 놀란 표정을 지으셨습니다. 거의 표정이 없는 선생님이 그런 표정을 지을 수 있다는 것에 저 역시 놀랐습니다. 제가 독학한 책을 보던 선생님은 말보다 글에 힘을 담는 것이 훨씬 어려운 일이라고 말씀하셨습니다.

선생님께서는 '글'이란 무엇인가에 대한 질문을 던졌습니다. 저는 책을 독학하면서 느꼈던 바를 말했습니다. 말과 다르게 글은 글자라는 매개체를 통해 전달되기 때문에 그 안에 힘을 담는 일이 익숙지 않았지만 직접적인 말보다 글이 더 편하게 느껴졌다고 말씀드렸습니다. 말이란 직접적으로 상대방에게 영향을 미치는 직관성이 있지만 글은 더 많은 사람들에게 오랫동안 영향력을 미칠 수 있다는 점이 더 매력적이었습니다. 더군다나 오늘과 같은 SNS가 발달한 시대에는 오히려 글이 말보다 더 많은 것들을 담고 있다고 생각했습니다. 저는 그런 글 속에 담겨 있는 무엇인가를 구분해서 선별하는 것이 흥미로웠습니다. 특히나 오늘날 사람들이 타인에게 보이기 위해 쓴 글에는 오만 가지 감정과 의도가 섞여 있으니 말입니다.

제 말을 들은 선생님께서 심각하게 고민하시더니 진지하게 말씀하셨습니다. 진로를 바꿔보는 것이 어떻겠냐고 말입니다. 제가 지닌 특별한 힘에 어울리는 자리가 있다고 말씀하셨습니다. 이것이 제가 겪은 세 번째 변곡점이자 제가 이 자리에 있게 된 이유입니다. 위에서 말씀드린 것처럼 저는 글에 힘을 싣는 탁월한 재능을 지니고 있습니다. 심사관님께서 저에게 '마녀'로서 적합한 자격을 부여해주신다면 앞으로 더 많은 글을 열심히 써나갈 수 있도록 노력하겠습니다. 감사합니다.

❖

하얀 정장을 입은 사내는 지원서를 꼼꼼히 살펴보다가 고개를 들고 자신의 앞에 앉아 있는 검은 옷의 여자를 바라봤다. 창백한 피부에 위아래 모두 검은 옷을 입은 여자는 긴장한 듯 몸이 경직된 채 하얀 정장을 입은 사내의 말을 기다렸다. 하얀 정장의 사내가 천천히 입을 열었다.

"자네가 심사 번호 457번을 가르쳤다지."

검은 옷의 여자는 고개를 끄덕이며 말했다.

"예, 그렇습니다, 심사관님."

"잘 이해가 가지 않는군."

그가 들고 있던 지원서를 내려놓고 선생을 바라보며 말했다.

"심사 번호 457번이 자네에게 '말'과 '글'을 배웠다면 제자라고 볼 수 있겠지. 마녀에게 제자는 자식만큼이나 중요한 존재 아니던가?"

"그렇습니다, 심사관님."

"그럼에도 자네는 심사 번호 457번의 심사에 이의를 신청했네. 우리가 자격 부여를 승인한 사항에 대해 말이야. 왜 그런 건가?"

선생은 심사관의 말에 긴장하며 천천히 입을 열었다.

"심사관님께서도 아시는 것처럼… 마녀들은 그림자 속에서 살아가는 이들입니다. 시대의 가장 밑바닥, 다른 이들에게 핍박받는 존재들. 마녀들은 마녀가 될 자질을 갖춘 아이들을 보호하며 고대부터 전승되어온 지식을 받아들여 그 시대에 맞도록 발전시켜가는 것을 사명으로 삼습니다. 제자를 받아들여 말과 글을 가르쳐주고 온전한 자격을 갖춘 마녀를 키워가는 것이 의무이자 기쁨입니다."

"나에게 지금 마녀가 무엇인지를 가르치려는 건가. 누가 마녀 아니랄까 봐 가르치는 것에 너무 심취해 있군."

심사관의 핀잔에 선생이 고개를 저으며 말을 이었다.

"그런 것이 아닙니다, 존경하는 심사관님. 제가 드리고 싶은 말씀은… 심사 번호 457번은 특별했습니다. 마녀가 될 법한 아이가 아니었음에도, 힘을 다룰 자질을 타고난 것입니다. 그렇기에 가진바 힘은 놀랍지만 마녀의 온전한 자격에서 벗어나 있다는 것을 말씀드리고 싶습니다."

"온전한 마녀의 자격이라."

"예, 마녀는 힘을 사용하는 자가 아니라 힘을 전달하는 자입니다. 하지만 심사 번호 457번은 자신이 가진 힘을 어떻게든 쓰고 싶어 하고 제대로 통제하지 못하고 있습니다. 처음에는 지나치게 뛰어난 재능 때문이라 생각했지만, 시간이 지날수록 그것이 아니라는 것을 깨달았습니다."

그리고 선생은 자신의 옷소매를 걷어서 심사관에게 팔을 보여줬다. 짓무른 피부에는 온통 고름이 가득 찬 물집이 돋아 있었고, 혈관 안에서는 꿈틀대는 무엇인가가 계속 돌아다녔다. 심사관은 이를 유심히 바라봤다.

"심사 번호 457번이 한 것인가."

"그렇습니다. 저는 이 정도로 끝이 났지만, 학원에 있던 다른 제자들은 사람의 형상이라 부를 수 없을 정도로 끔찍하게 변했습니다. 심사 번호 457번에게 왜 이런 짓을 했냐고 물었더니… 자신이 한 것이 아니라 다른 학생들이 규칙을 어겼기 때문에 그렇게 되었다고 말했습니다."

"규칙을 어겼다라. 좀 더 자세히 말해보도록."

선생은 심사관의 말에 마른침을 한 번 삼키더니 천천히 입을 뗐다.

"학원에 학생들이 볼 수 있도록 책을 꽂아둔 서고가 있습니다. 상당한 양의 책이 꽂혀 있는데 어느 날 심사 번호 457번이 그 서고의 책들을 정리하는 겁니다. 그러고는 자신의 기준에 맞게 책들을 배치해서 꽂아두었습니다."

"흥미롭군, 계속하게."

"말씀드렸던 대로 학생들은 자유롭게 서고에서 그 책을 꺼내서 볼 수 있습니다. 어느 날 심사 번호 457번이 아닌 다른 학생 중 하나가 책을 꺼내서 본 겁니다."

그녀의 말에 심사관의 눈썹이 꿈틀거렸다.

"설마 그 책을 봤다고 힘을 썼다는 건가?"

심사관의 말에 선생이 고개를 저었다.

"아닙니다. 책을 본 것에 대해서는 별다른 반응이 없었습니다. 문제는… 봤던 책을 제자리에 제대로 꽂아놓지 않았다는 것이었습니다. 자신이 세운 '규칙'을 어겼다는 겁니다."

"규칙을 어겼다라."

심사관은 끔찍하게 변한 선생의 팔을 힐끔 바라봤다.

"자네도 책을 잘못 꽂은 건가."

"아닙니다. 심사 번호 457번의 힘을 제어하려다가 저주가 옮아 이렇게 된 것입니다."

심사관은 선생의 말을 듣고 심사 번호 457번의 지원서를 다시금 살폈다. 하현동의 마녀가 한 말이 사실이라면 심사 번호 457번은 온전한 마녀의 자격을 갖추지 못한 셈이었다. 마녀들은 공격적이지 않았다. 그들은 자신들의 지식을 지키고 전승하는 데 일생을 바치는 기록자이자 연구자들이다. 악마들에게 그런 마녀의 역할은 매우 중요하다. 그들이 만들어낸 기록과 연구들을 보면서 인간들을 더 면밀하게 이해할 수 있기 때문이다. 그렇기에 악마들은 마녀들과 계약을 맺고 그들을 후원한다. 심사관은 자신 앞에 있는 마녀를 보며 말했다.

"결론적으로 자네는 심사 번호 457번의 심사 승인을 거부하고 후보자 자격을 박탈하는 것을 요청하는 것인가."

심사관의 말에 선생이 고개를 끄덕였다.

"그렇습니다."

심사관은 잠시 고민하다가 이내 수긍했다.

"자네의 요청을 받아들이도록 하지."

그는 책상 위에 쭉 놓여 있는 십수 개의 도장 중에서 하나를 집어 들고 심사 번호 457번의 지원서 위에 쾅 소리가 나게 찍었다. 마녀 자격 부여를 불허한다는 의미가 담겨 있는 도장이다. 도장을 찍은 심사관은 고개를 들고 선생에게 말했다.

"이제 그만 나가보게."

선생은 심사관에게 공손히 인사하고 방에서 나갔다. 홀로 자리에 앉아 있던 심사관은 불허 도장이 찍혀 있는 심사 번호 457번의 지원서를 바라보다가 이내 책상 서랍에서 상자 하나를 꺼냈다. 그는 상자를 열고 그 안에서 아주 오래된 도장을 하나 꺼냈다. 심사관은 도장을 들고 머뭇거리다가 이내 457번의 지원서에 찍었다. 그러자 아까 찍은 불허 도장이 품고 있는 힘이 사라지고 새롭게 찍힌 도장의 힘이 활성화됐다. 심사관의 영혼과 연결되어 있는 인장이 지원서 위에서 기이한 빛을 뿜어냈다. 그러자 심사관 앞에 검은 정장을 입은 다른 사내가 나타났다. 심사관이 그에게 도장이 찍힌 심사 번호 457번의 지원서를 넘기며 말했다.

“이 아이는 새로운 악마 후보자다. 현재 하현동의 마녀가 데리고 있으니 서울로 데려오는 인계 절차를 밟도록. 벌써 힘을 다룰 줄 알고 있으니 각별히 조심하도록 하고.”

사내는 심사관에게서 서류를 받아 들고 공손하게 인사를 한 뒤 다시 사라졌다. 홀로 남은 심사관은 흥미로운 표정을 지으며 중얼거렸다.

“어쩌면 수십 년 만에 지상에서 새로운 악마가 탄생할지도 모르겠구나. 어떤 이름이 좋을지 미리 생각해놓는 것은 너무 이를까. 아니, 이것은 자연스러운 흐름일지도. 순수한 혐오의 관리자? 뒤틀린 규칙의 수호자? 무엇이 됐든 간에 한동안은 지루하지 않겠구나.”

수천 년을 살아온 늙은 악마는 새롭게 태어날 지상의 악마를 기대하며 기이한 웃음을 지었다.

작가의 말

월영시를 배경으로 학원물 앤솔로지를 쓰자는 아이디어는 언제나 그렇듯 정명섭 작가님께서 내주셨다. 정 작가님 특유의 행동력으로 아이디어를 정리하시더니 출판사까지 섭외해오셨다. 나는 앤솔로지에 어울릴 만한 작가님들을 섭외했고, 예상보다 빠르게 작품집을 만들 준비가 끝났다.

《괴이, 학원》은 '괴이학회'에서 만든 '괴이 시리즈'의 연장선으로 가상의 도시 '월영시'를 배경으로 한다. 월영시는 무엇이든 일어날 수 있는 초자연적인 장소로 괴담, 호러의 본거지라고 할 수 있다. 이곳은 악마, 요괴, 괴물, 크리처, 귀신, 악령, 외계인, 고대의 생물 등 우리가 상상할 수 있는 모든 것이 중첩되어 있는 마(魔)의 소굴이라고도 할 수 있다.
월영시를 배경으로 작품을 구상할 때면 언제나 즐겁다. 학원이라는 소재를 가지고 어떤 내용을 쓰면 좋을까 고민했는데, 내가 학창 시절 다녔던 논술학원이 떠올랐다. 말과 글을 배우고 자신의 생각을 상대방에게 전달함으로써 타인을 설득하는 기술. 나는 이것이 상당히 마법적인 힘을 지니고 있다고 느꼈다. 이를 더 발전시킬 수 있다면 진짜 마법이 되지 않을까 하는 생각으로 특별 수업을 진행하는 '마녀'를 떠올린 것이다. 월영시에 존재하는 마녀를 키워내는 학원. 그리고 마녀가 될 수 있는 조건은 '세상의 고통을 안고 품을 수 있어야 한다'라는 것이 처음 구상했던 내용이었다. 하지만 소설을 쓰다 보니 내가 만든 주인공이 처음 구상과는 다르게 엇나가는 것을 느꼈다.

심사 번호 457번은 얌전히 마법을 배워서 마녀가 될 수 있는 존재가 아니었다. 스스로를 피해자라고 생각하지만 사실은 가해자였던 이들. 우리 세상에는 이런 피해자와 가해자의 경계 속에 스스로를 숨기는 이들이 무수히 많다. 나는 이런 성향의 인물들을 상상하며 심사 번호 457번을 가장 순수하게 자기 자신의 시각으로만 세상을 보는 캐릭터로 만들었다. 그러면서 스토리의 방향이 바뀌었다. 말과 글의 힘을 이용해 마녀가 아닌 악마가 되는 존재를 주연으로, 월영시 하현동의 특별 수업을 배경으로 그리자고 말이다.

—김선민

3F

얽힘

은상

은혜로운 제안

"정말로 할 거야?"

은혜가 물었다. 사실 먼저 시작하자고 한 쪽은 은혜였다. 그런데도 물어 왔다는 것은 확신을 얻고 싶었을 것이다.

"해야지. 엄마가 없는 돈 마련해서 특별반에 갖다 바치겠다는데 어떡하겠어."

영서의 핀잔에도 불구하고 은혜는 해맑게 웃으며 머리를 꼬았다.

"미안."

오늘부터 영서는 은혜와 함께 과탐 특별반에 들어가야 한다. 단 두 명만 비밀리에 모집한다는 특별반에 들어가게 된 것은 월영시에서 제일 큰 제약회사를 운영하는 은혜 가족의

재력과 정보력 덕분이었다. 매드 사이언티스트. 줄여서 매사. 여기에 된소리가 결합해 매싸라고 불리는 과탐학원 원장은 이번 방학 동안 수능 성적을 최소 1등급은 올려준다고 은혜의 엄마에게 비밀리에 제시했고, 은혜의 엄마는 은혜의 단짝 친구인 영서의 엄마에게도 귀띔을 해줬다. 물론 엄청난 특강비를 마련해야 했다.

"근데 무슨 대단한 비결이 있기에 완전 비밀이라는 거야?"

영서는 하늘을 한번 흘깃 보고는 혼잣말하듯 말했다.

"나도 모르지. 근데 단둘만 하는 비밀 수업이라니 왠지 매력 있지 않냐?"

은혜는 눈웃음을 지으며 대답했다.

"참, 은혜로운 성격이야."

영서는 한숨을 쉬듯 은혜에게 말했다.

집도 부자인 데다가 성격도 좋고 공부도 인서울은 할 만큼 하니 그런 성격이 됐겠지, 하고 영서는 생각했다. 하지만 그 생각을 입 밖에 낼 일은 없을 것이다. 굳이 영서의 집 근처까지 와서 같이 학원을 가는 은혜의 마음을 상하게 할 필요는 없었다.

매싸와 얽힘

"자, 정리하고 다음 주에 보자."

9시 50분. 지구과학 담당 선생님이 인사를 했고 영서와 은혜는 가방을 들고 교실을 나섰다. 그리고 1층까지 엘리베이터를 타고 내려와서는 다른 친구들과 인사를 나눴다. 학원은 10시까지밖에 운영할 수 없다. 매싸의 특별 비밀 수업은 10시 이후에 열리기 때문에 이런 '연기'를 해야 하는 것이다.

아이들이 드문드문 사라지자 은혜가 말했다.

"슬슬 올라가볼까?"

학원 현관의 조명은 꺼졌고, 엘리베이터도 멈췄다. 비상계단을 이용해 다시 3층까지 올라가야 한다. 1층과 2층에서는 알 수 없는 기괴함이 위로 떠올랐고, 4층, 5층의 두꺼운 두려움이 3층을 짓눌렀다. 계단을 오를 때면 목뒤에서 한기를 느꼈다. 계단을 비추는 녹색 비상등은 네 개의 다리에 더해, 또 다른 네 개의 다리를 만들어냈다.

"아."

영서는 이 두려운 적막을 깨려고 앞서가는 은혜의 허리를 쿡 찌르며 말을 붙였다.

"으아, 씨ㅇ 깜짝이야. ㅇ나 놀랐네."

은혜도 두려움을 느끼고 있었는지 영서의 손놀림에 깜짝 놀라 욕설을 내뱉었다. 영서는 욕설을 섞어 말하는 것을 매우 싫어했지만, 지금은 그 욕설 덕분에 긴장을 살짝 내려놓을 수 있었다.

"왜 욕은 하고 지랄이야."

영서는 비로소 미소를 띠면서 말했다.

"야, 이건 욕이 아니고 놀랐다는 감탄사야. 그리고 지랄은 욕 아니냐?"

"지랄은 비속어지."

"그거나, 그거나."

둘이 긴장을 감추려고 아무 말이나 주고받고 있을 때, 3층 비상문이 열리며 그리 밝지 않은 빛이 비쳐왔다.

"왔냐?"

실루엣만 보이는 그는 매싸였다. 매싸를 매싸답게 만드는 건 그의 흰머리였다. 마치 염색이라도 한 듯한 완전한 백발. 그러면서도 마른 얼굴에 주름살은 거의 없었다. 나이가 몇인지 가늠이 안 되는 외모다. 정작 그는 수업 시간에 자신의 외모를 두고 '멜라닌 색소가 남들보다 조금 부족할 뿐'이라고 시니컬하게 말하곤 했다.

매싸의 안내를 받아 안으로 들어간 10시 이후의 학원은 또 다른 세계였다. 복도 조명은 최소한의 밝기로 켜져 있었고, 교실의 불은 꺼져 있었다. 그럼에도 창문으로는 알 수 없는 푸른 불빛이 비쳐 나왔다. 영서와 은혜가 수업을 받을 방은 매싸의 방, 즉 원장실이다. 학생이 두 명밖에 없기 때문이기도 했고, 교실에 불을 켜면 안 되기 때문이기도 할 것이다. 원장실의 조명도 그리 밝지 않았다.

"거기 앉아라."

의자와 테이블은 이미 준비돼 있었다.

의자에 앉은 영서는 향과 비슷한 냄새를 느꼈다.

"아무 말도 못 들어서 오늘은 빈손으로 왔는데 교재는 어떤 걸로 준비하면 돼요?"

은혜가 물었다. 그러고 보니 영서는 그런 생각도 못 했다. 교재비는 또 얼마나 되려나 하는 걱정이 앞섰다. 뱁새가 황새 쫓아가려다 가랑이 찢어진다는 속담이 여기에 딱 맞지 않을까? 사실 따지고 보면 과탐을 시작한 것부터 문제다. 적성에 맞는 건 어문학 계열인데, 요즘 어문학 계열은 취업이 안 된다고 해서 공학 계열에 진학하자니 어쩔 수 없이 과탐을 해야 했다. '도대체 물리가 나하고 무슨 상관이냐고.' 영서는 생각했다.

"교재는 필요 없고, 내 이야기만 잘 들으면 돼."

매싸는 웃으며 의자를 끌고 와서 앉았다. 그가 다가오니 향냄새가 더욱 진해졌다.

"오늘은 오리엔테이션이니까 내 말을 잘 듣기만 해."

그렇게 말하는 매싸의 눈이 빛났다. 눈의 빛깔도 검은색이 아니라, 약간 푸른빛이 도는 것 같았다. 멜라닌 색소가 부족하다더니 그 영향인가 싶었다.

매싸는 생각을 읽는 듯 영서를 보더니 미소를 지었다. 그런데 그건 미소 같지 않았다. 비웃음과 같은 느낌이랄까. 오히려 웃음 때문에 오싹했다.

"'얽힘'이라고 들어봤니?"

매싸가 말을 꺼내며 앞에 있는 노트에 원을 두 개 그렸다.

"들어본 건 같은데…."

은혜가 긴장했는지 짧은 머리를 꼬면서 말했다.

매싸는 아까 그려놓은 동그라미 안에 하나는 위쪽으로 화살표를 그렸고, 또 하나는 아래쪽으로 화살표를 그리면서 말했다.

"들어는 봤겠지. 들어는…."

매싸는 뭔가 불만족스러운 듯 잠깐 멈추었다가 말을 이었다.

"정확히는 양자 얽힘이라고 하는 개념인데 두 입자의 성질이 하나로 묶여 있는 상태를 말하는 거야. 예를 들어 이 그림처럼 하나가 위로 돌고 있으면 그 짝을 이룬 또 하나는 반드시 아래로 돌아야 하는 성질이야."

"네…."

영서는 무슨 말인지 이해는 잘 안 됐지만 일단 대답했다. 그것보다 매싸의 손등에서 유난히 파랗게 비치는 핏줄이 오히려 신경 쓰였다. 그가 말할 때마다 핏줄이 벌레처럼 꿈틀거렸다. 그리고 더 신경 쓰이는 건 은혜의 손놀림이었다. 처음에는 긴장해서 그런 줄 알았는데, 점점 더 머리를 꼬고 있다. 위험하다. 긴장하거나 좋은 일이 있을 때 나오는 은혜의 버릇이다. 긴장을 이렇게 오래 할 리는 없고, 설마 저 하얀 머리 아저씨를 마음에 두고 있는 건 아니겠지?

매싸는 영서의 불안한 마음을 아는지 모르는지 다시 설명을 시작했다.

"그러면 두 입자가 얽히는 현상이 언제 일어날까?"

영서는 머리를 좌우로 흔들었고, 은혜는 머리를 꼬았다.

매싸는 한숨을 쉬더니 다시 말했다.

"그래, 그럴 수 있지. 고등학교 3학년이라고 뭐든지 다 아는 건 아니니까. 그럼 헬륨의 전자가 몇 개인지는 아나?"

영서가 손을 들었다.

"손 들지 않아도 돼. 지금 여기에 다른 사람 없으니까 편하게 말해."

"두, 두 개쯤?"

영서가 대답했다.

"그래 맞아. 헬륨은 전자가 두 개지."

영서가 대답하자 은혜가 눈길을 보냈는데 차마 그쪽을 쳐다보지 못했다, 추측이 맞을까 봐.

매싸는 이번에는 노트에 지구 주위로 달이 두 개 돌고 있는 듯한 그림을 그렸다.

"전자는 같은 궤도를 돌지 못해. 같은 궤도에 있다면 반드시 스핀값이 반대여야 하지."

이렇게 말하고 매싸는 달 두 개에 화살표를 위아래로 그렸다. 그러고는 말을 이었다.

"이 두 개의 전자는 이제 얽혀 있는 거야. 하나가 플러스 스핀이면 반드시 다른 하나는 마이너스 스핀이지. 이 두 전자를 멀리 떨어뜨려놔도 그건 변하지 않아. 알겠니?"

영서는 학교 수업 시간에 언뜻 들은 기억이 났다. 하지만 선생님이 시험에는 잘 안 나오는 영역이라고 해서 귀담아듣지 않았고, 선생님도 자세히 설명하지 않았다. '시험에 잘 안 나오는 영역.' 방학에 1등급은 올려준다는 수업에서 왜 '시험에 잘 안 나오는 영역'을 가르치고 있을까? 갑자기 영서는 궁금해졌다.

영서는 손을 들었다.

"손 들지 않아도 된다니까."

"저, 이거 시험에 잘 안 나온다고 하던데… 필기해야 할까요?"

은혜가 영서의 옆구리를 가볍게 찔렀다.

"흐흐흐흐."

매싸는 무엇이 웃기는지 어깨를 들썩였다. 그러자 향냄새가 더욱 강하게 풍겨왔다.

"지금 이 순간에는 이게 중요한 이야기야. 아, 필기는 할 필요 없다. 시험에는 잘 안 나오니까. 흐흐흐흐."

은혜는 매싸를 한 번 쳐다보더니 영서에게 눈을 흘겼다. 영서는 은혜의 눈초리가 수업 분위기 망치지 말라는 뜻인지, 혹은 매싸를 웃게 하지 말라는 뜻인지 궁금해지기 시작했다.

"시험과 상관없지만 너희 성적과는 상관있는 정말 중요한 한 가지를 말해줄게. 양자의 상태, 그러니까 말하자면 전자의 상태는 측정할 때 결정된다는 말 들어봤어?"

"네, 들어봤어요."

이번에는 매싸의 관심을 빼앗기지 않으려는지 은혜가 먼저 대답했다.

"그러면 한번 설명해볼래?"

매싸의 말에 은혜는 조금 얼굴을 붉히고 머리를 꼬더니 더듬더듬 대답하기 시작했다.

"그러니까… 보기 전에는 알 수 없다는 것 아니에요?"

매싸는 씩 하고 웃었다. 이제 영서의 눈에도 매싸가 조금 매력적으로 보이기 시작했다. 나이를 알 수 없는 하얀 얼굴, 푸른 눈동자…. 머리색 때문에 완전히 아저씨라고 추측하고 있었는데 가까이에서 보니까 꼭 그런 건 아니었다.

"비슷한데 조금 다르지. 보기 전에 알 수 없다는 말은 이미 결정돼 있는데 그걸 나중에 확인한다는 뜻이고, 측정할 때 결정된다는 말은…."

매싸는 적당한 말을 생각하는지 잠시 말을 멈췄다. 그러더니 다시 노트에 그림을 그렸다. 상자 안에 공이 들어 있는 그림이었다.

"이렇게 상자에 공이 들어 있다고 하자. 그런데 이 상자 안은 볼 수 없어. 손만 넣어서 이 공이 왼쪽으로 회전하는지, 오른쪽으로 회전하는지 알아내야 해. 문제는 이 공이 너무너무 민감하다는 거야."

매싸는 자신의 손이 상자에 들어 있다는 듯이 내밀고, 눈을 감았다.

"잘 느껴보니, 왼쪽으로 공이 도는 것 같아. 그러면 이 공은 왼쪽으로 돌고 있는 거로 결정된 거야. 그런데 이 공이 정말 민감하다고 했지. 혹시 내가 이 공을 건드려서 왼쪽으로 도는 건 아닐까? 손을 넣을 때 더듬거리다가 공을 건드린 것 같은데?"

매싸는 눈을 뜨더니 손을 거둬들이고는 말을 이었다.

"그래서 다른 상자를 가지고 와서 손을 넣었어."

매싸의 목소리는 마치 말 못 할 비밀을 말한다는 듯이 낮아졌다.

"그래서 어떻게 됐는데요?"

은혜가 물었다.

"손을 넣어서 만져보니 이번에는 오른쪽으로 돌고 있었어. 그래서 또 다른 상자를 가지고 왔지. 이번에는 또 오른쪽이었어. 마지막 상자를 가지고 왔어. 그랬더니 이번에는 왼쪽으로 돌고 있었어. 자, 지금 손을 넣어서 공을 만져보며 어느 쪽으로 도는지 알아냈는데, 이 공이 원래 왼쪽, 오른쪽, 오른쪽, 왼쪽으로 돌고 있었다고 확신할 수 있어?"

매싸는 푸르스름한 눈동자로 영서와 은혜를 번갈아 쳐다보았다.

"확실히 그렇다고 말하지는 못할 것 같아요. 선생님 말씀처럼 내 손에 닿아서 그렇게 된 걸 수도 있으니까…."

영서가 대답했다.

"그렇지. 이제 이해하기 시작하는구나. 내 손이 공에 영향을 주었고, 그 이전에는 어떤 상태인지 우리는 알 수 없어. 그래서 측정할 때 상태가 결정된다고 말하는 거야."

매싸가 목소리를 높여 영서를 칭찬했다. 그와 동시에 은혜의 표정은 굳었다. 영서가 은혜 쪽으로 고개를 돌리는 순간 갑자기 매싸가 책상을 '탕' 하고 치더니 소리를 질렀다.

"여기서!"

영서와 은혜는 깜짝 놀라 매싸를 바라보았다. 매싸는 영서와 은혜가 놀라는 게 재미있다는 듯 빙긋이 미소를 짓고, 다시 목소리를 낮춰서 속삭이듯 말했다.

"여기서… 정말 중요한 개념이 등장해. 이 공들에게는 얽혀 있는 공들이 있었어. 얽혀 있는 공들을 보니까, 첫 번째 얽힌 공은 오른쪽으로, 두 번째는 왼쪽으로, 세 번째도 왼쪽으로, 마지막 네 번째 공은 오른쪽으로 돌고 있었어. 정말 신기하지 않아? 내가 만진 공들은 내 손에 영향을 받았을지도 모르는데 지금 얽혀 있는 이 공은 정확히 반대 방향으로 돌고 있어. 흐흐흐."

영서는 아직 매싸가 무슨 말을 하려는지 짐작할 수 없었지만, 번뜩이는 눈빛을 보고 소름이 돋았다.

"이 말을 잘 기억해. '얽힘.' 그리고 이해하려 애쓰지 마. 세상은 그렇게 돌아가니까 그냥 믿으면 돼."

매싸는 영서와 은혜의 손을 각각 왼손과 오른손으로 잡았다. 보기와 달리 차갑고 축축한 손이었다. 향내가 원장실을 가득 메웠다.

"전자는 궤도를 돌지 않고 스핀하지도 않지만, 궤도에 있다고 말하고 스핀한다고 말하지. 그리고 이 이야기는 시험에 나오지 않겠지만 너희의 등수를 올려주지. 힘들겠지만, 나와 함께라면 할 수 있어. 왜냐하면 우리는 얽혀 있으니까. 흐흐흐."

그렇게 말하고 매싸는 은혜의 손을 놓고, 그다음으로 영서의 손을 놓았다.

매싸는 일어나 뒤쪽으로 가더니 책상 서랍에서 검은색 알약 두 개를 꺼내 아이들 앞에 내밀었다.

“이건 집에 가서 먹어. 수업료에 포함돼 있는 거니까 걱정하지 말고. 집중력을 올려주는 약이라 생각하면 돼. 오늘 수업은 끝. 다음에 보자.”

은혜가 먼저 좋아한 것

영서는 은혜의 태도가 마음에 걸렸다. 12시가 다 돼서 집으로 가는 길에도 은혜로운 은혜는 좀처럼 웃지 않았다. 은혜의 집이 있는 주택단지로 먼저 접어드는 길에서 은혜는 손을 흔들어줬지만, 눈을 바라보지 않았다.

영서는 착잡한 기분으로 집에 돌아왔다.

“어때 수업은 괜찮았어?”

엄마는 속도 모르고 기분을 물어본다.

“잘 모르겠어. 그냥 이상해.”

“뭐가 이상해? 이상하면 어때. 잘 가르치기만 하면 되지.”

구체적으로 뭐가 이상한지는 영서도 잘 몰랐다. 말 그대로 그냥 이상했다. 그 분위기, 수업 내용 그리고 이상한 향냄새. 그리고 은혜의 태도.

과탐 점수도 중요하지만 이러다가 점수도 잃고 친구도 잃는 건 아닌지 두려웠다.

'설마… 매싸가 내 손을 더 오래 잡고 있었어서 그런 건가?'

영서는 이 의심이 가시지 않았다.

'아니겠지. 설마 아닐 거야. 그 머리가 하얀 아저씨를 마음에 두고 나를 질투한다고?'

계속 은혜를 두둔하려 했지만 점점 머릿속은 매싸와 은혜의 이미지로 가득 차기 시작했다. 이 상태라면 잠도 오지 않을 것 같았다. 그때 매싸가 준 영양제가 생각났다. 수면제는 아니겠지만, 영양제라니까 먹고 마음의 안정을 취하고 싶었다.

평범하게 생긴 알약을 물 한 모금과 함께 삼켰다. 그리고 잠자리에 누웠는데 어디선가 향냄새가 나기 시작했다. 순간 영서는 몸에 소름이 끼치는 걸 느꼈다.

'매싸가 혹시 이 방에 들어와 있나?'

그럴 리 없다는 것을 알면서도 불을 다시 켜고야 말았다. 당연히 방 안에 매싸는 없었다. 영서의 집은 평범한 아파트라 구조가 단순했다. 방 안은 물론 집 안에도 사람이 숨을 만한 공간은 없었다. 그럼에도 영서는 사람이 들어갈 틈이 없는 침대 밑까지 살펴보고서야 다시 불을 끄고 자리에 누웠다. 그제야 향냄새가 자기 몸에서 나고 있다는 것을 알았다.

숨을 쉴 때마다 안에서 밖으로 향냄새가 나왔다. 그리고 생각하지 않으려 하면 할수록 매싸가 더 생각났다.

'그러면 안 되는데…. 은혜가 먼저 좋아한 것인데….'

생각할수록 매싸는 그리 나이가 많지 않다는 확신이 들기 시작했다. 하얀색 머리와 이상한 웃음소리 그리고 표정 때문에 당연히 할아버지에 가까운 아저씨라고 여기고 있었는데, 가까이에서 본 매싸는 피부가 투명했다. 피부만으로 본다면 나이가 많다고 장담할 수 없었다. 그리고 웃을 때 생기는 기묘한 잔주름이 나이를 들어 보이게 할 뿐, 무표정일 때는 깜짝 놀랄 정도로 젊어 보였다.

'혹시 젊어 보이는 게 아니라 젊은 게 아닐까? 매싸가 몇 살이라고 말해준 적은 없잖아? 그러고 보니 이름이 뭐지? 학원장인데 이름이 생각나지 않네?'

영서는 매싸를 떠올리다가 새벽녘이 되어서야 그리 길지 않은 잠을 잘 수 있었고, 그나마 그 길지 않은 잠도 꿈에 시달렸다.

같은 성분의 사람들

두 번째 수업을 받으러 가는 날, 은혜는 영서를 데리러 오지 않았다. 은혜는 더 돌아가는 길이라도 꼭 영서를 데리러

오곤 했다. 같이 걸으며 조잘대는 그 시간이 공부로 지친 그들에게는 스트레스를 해소하는 유일한 시간이기도 했다.

'학원에서 봐.'

그렇게 건조하게 은혜는 메시지를 보냈다. 그러고 보면 첫 번째 수업 이후 별로 말을 해보지 못했다. 서로 바쁜 이유도 있었지만, 아무래도 은혜가 피하는 것만 같았다.

영서에게는 은혜 말고도 나름의 고민이 있다. 첫 번째 수업을 받은 날부터 계속 알 수 없는 꿈을 꾸었다. 은혜도 등장했고, 매싸도 등장했다. 그들과 꿈속에서 따로 뭔가 했다는 기억은 없다. 하지만 그들이 등장하는 것만은 확실했다. 그나마 그 둘이 등장하는 것은 그렇다 칠 수 있었다. 하지만 꿈임에도 얼굴이 똑똑히 보이는, 누군지 알 수 없는 아이들이 등장하기 시작했다. 나이는 영서 또래였다. 남자아이도 있었고 여자아이도 있었다. 그 아이들은 영서를 무심히 쳐다보았다. 그 꿈이 무섭지는 않았다. 다만, 기묘했다. '왜 내 꿈에 나타나 저렇게 쳐다보는 거지?' 영서는 그렇게 생각했지만 답이 나올 리 없었다.

복잡한 마음으로 학원에 도착했다. 이 건물은 도대체 누가 설계한 것일까? 평범해 보이면서도 사람을 압박하는 모양새다. 교실에 들어가니 은혜가 있었다.

영서는 은혜의 옆자리에 가서 앉았다.

"안녕?"

약간 어색한 분위기였지만 영서는 먼저 인사를 보냈다.

"응, 안녕."

역시 어색한 미소를 띠며 은혜가 인사를 받아줬다. 은혜로운 분위기는 절대 아니었다. 피부도 푸석푸석해 보였고, 눈빛도 흐렸다. 그런데도 화장만은 눈에 띌 만큼 진했다. 평소 같으면 영서도 '엄마 화장품 썼느냐'며 한참을 놀려줬겠지만 오늘은 그런 분위기가 아니었다. 그냥 묵묵히 수업을 들었다. 기분이야 어쨌든 수업은 들어야 하니까.

정규 수업 시간이 끝나고, 10시가 지나서 다시 학원에 들어갔다. 비상계단을 올라가는데 2층에서 뭔가 소리가 들렸다. 영서는 '10시 이후에 수업하는 건 금지인데?' 하고 생각했다가, '우리도 마찬가지네'라고 마음을 고쳐먹고 신경 쓰지 않기로 했다. 3층에 도착하자 기다렸다는 듯 매싸가 문을 열어주었다. 그 문을 통해 향냄새가 나기 시작했고, 매싸가 잘생겨 보였다. 영서는 아마도 역광 때문에 착각한 것이라고 마음을 다잡았다.

매싸가 함께 예의 그 방으로 안내했다. 은혜는 재빨리 안쪽 자리를 잡았다. 영서는 그 이유를 알 수 없었다.

"자, 수업을 시작해볼까?"

"네!"

은혜가 그 어느 때보다 씩씩하게 대답했다. 언뜻 이전의 은혜로 돌아간 것 같아 영서는 은혜를 바라보았지만, 은혜에게 영서는 안중에 없었다.

매싸가 손을 뻗어 은혜의 머리를 쓰다듬었다.

"그래. 대답이 시원하구나. 이런 자신감이 있으면 우린 할 수 있다. 혼자는 힘들겠지만, 우리는 같이 해나갈 수 있어. 흐흐흐."

매싸가 웃으며 왼팔을 내밀어 영서의 머리도 쓰다듬으려 했다. 하지만 영서는 순간적으로 떠오르는 은혜의 표정을 보고 자신도 모르게 움찔하며 그 손길을 피했다. 매싸는 자신의 어색해진 왼쪽 손을 보고 씨익 하고 미소를 지었다.

매싸는 자리에 앉더니 노트에 작은 점을 하나 찍었다.

"이게 무엇으로 보이니?"

그건 말 그대로 그냥 점이었다. 이전 수업에도 시험에 나오지 않을 것 같은 이야기만 하더니, 이번에도 마찬가지였다. 영서는 아무 대답도 하지 못했다. 다만 은혜는 무엇이라도 말하려고 최대한 노력하다가 한마디를 내뱉었다.

"점…이요."

자신감 없는 은혜의 목소리와는 대조적으로 매싸는 무엇인가에 감격한 듯 크게 외쳤다.

"맞았어! 이건 점이다. 단 하나의 점. 이론적으로는 아무

크기도 갖지 못한 이상적인 상태, 바로 그 점이다. 하지만.”

매싸는 거기까지 말하더니 점을 점점 더 크게 그리기 시작했다. 처음에는 작은 점이었다가 매싸가 손을 재빨리 움직이기 시작하자 노트 한 면을 거의 검게 칠할 만큼의 커다란 점, 아니 그냥 검은 종이가 됐다. 영서는 검은 칠을 하는 매싸의 눈에서 반짝임을 보았다. 안 그래도 푸르던 매싸의 눈빛은 이제 회색에 가까워졌다.

“이제 뭐가 보이니?”

매싸는 잔뜩 기대한 얼굴로 영서와 은혜를 쳐다보았다. 영서는 아무 말 할 수 없었다. 은혜는 맞히고 싶어 잔뜩 집중한 얼굴이었다. 검은 칠을 한 노트가 답을 말해주리라고 확신하듯 노려보았다. 이윽고 고개를 들고 은혜는 말했다.

“허공?”

매싸는 믿을 수 없다는 듯 자신의 흰머리를 쓸어 넘기더니 말했다.

“역시, 대단해. 너희는 나와 함께라면 분명히 할 수 있어.”

매싸는 은혜에게 환한 미소를 보내고 나서, 영서를 흘깃 바라보았다. 영서는 고개를 숙였다. 왠지 분했다. ‘왜 그 검은 노트가 허공이지?’ 이해할 수 없었고, 이해할 수 없기에 앞으로도 못 맞히리라 생각하니 더 화가 났다. 그냥 은혜를 좋아하니까 노골적으로 칭찬해주는 게 아닌지 의심이 가기 시작했다.

"우주는 하나의 점에서 시작해 지금까지 팽창하고 있다."

매싸가 선언하듯 말했다. 그 순간 다시 향냄새가 났다.

영서는 이제야 매싸가 무엇을 말하려 하는지 알았고 자기도 모르게 말했다.

"빅뱅 이론."

매싸가 영서를 돌아보았다.

"맞았어! 영서가 '역시' 똑똑하구나."

매싸는 일상적인 칭찬을 했을 수 있으나, 영서의 귀에는 그렇게 들리지 않았다. '역시'라는 말에 방점을 찍었다. '역시' 내가 더 낫네 하는 표정을 자기도 모르게 지은 듯도 했다. 은혜의 눈매가 더욱 매서워졌다.

이제 매싸는 자리에서 일어나 이야기하기 시작했다.

"단 하나의 점에서 우주는 시작됐지. 그 점이 어디에 있었는지, 그 점 안에 무엇이 있었기에 이 거대한 우주가 생겨날 수 있었는지는 아무도 몰라. 그 점이 없었다면 우주가 없었을 거란 것만 알 뿐이야. 어느 날 그 점에서 작은 불균형이 생겼고, 대폭발이 일어났어."

매싸는 마치 자신이 빅뱅을 목격한 듯이, 혹은 무언가를 떠올리는 듯이 허공을 쳐다보며 이야기했다.

"빅뱅이 일어나고 나서 백만분의 1초가 지나자 쿼크가 나타났고, 전자와 광자는 산란하기 시작했어. 그리고 3분이 흐른 다음 수소와 헬륨 같은 원시 원자가 생겨나기 시작했지. 그리고 약 4백만 년이 흐르고 첫 번째 별이 만들어졌어. 정말 대단하지 않니?"

매싸의 눈은 허공을 떠돌고 있었다. 그의 눈은 우주를 보고 있는 게 분명했다. 그러다 갑자기 매싸는 책상을 손으로 탁 때리며 영서와 은혜 가까이 얼굴을 들이밀었다. 그 순간 향냄새가 강렬하게 풍겼다.

"모르겠니? 3분 안에 전자가 생기고 수소가 생기고 헬륨이 생겼어. 지난 시간에 들은 이야기와 연결되는 거 없어?"

"기억나요."

은혜가 꿈꾸는 듯한 표정으로 말하기 시작했다.

"얽힘. 헬륨에서 나온 두 개의 전자는 얽혀 있을 수 있다."

"맞았어. 빅뱅 후 4백만 년이 흐르고 나서 이런 것들이 모여 별을 만들었고, 별이 탄소를 만들고, 질소를 만들고, 폭발하면서 또 더욱더 무거운 원소를 만들고, 다른 별을 만들고, 태양을 만들고, 지구를 만들었어. 그 안에서 생명이 자라고 복제되고 멸종하고 다시 생겨났지."

영서도 매싸가 무슨 말을 하려는지 이해되기 시작했다.

"그러니까 우리가 별과 같은 성분이라는 말씀인가요?"

"그래 맞았어."

매싸는 워낙 잘 흥분하는지 영서의 손을 덥석 잡았다. 영서도 갑작스럽게 일어난 일이라 손을 잡힐 수밖에 없었다.

그 순간 영서는 '동현'이라는 이름을 떠올렸다. 은혜와 영서, 동현은 늘 같이 다니던 중학교 동창이었다. 아니, 늘은 아니고 중학교 2학년 때까지 같이 다닌 친구였다. 밥도 함께 먹고, 같이 공부하고, 이상하게 을씨년스러운 월영시의 공원에서도 같이 놀았다. 동현은 3학년 들어 은혜와 같은 반의 유민을 좋아했다. 유민도 동현을 마음에 들어 해서 둘은 사귀기 시작했고, 자연스럽게 은혜, 영서와는 함께 있는 시간이 줄어들었다.

은혜는 그 이후 동현이라는 이름을 입에 올리지 않았다. 간혹 동현에 대한 이야기를 해야 할 때도 '신자'라고 불렀다. 배신자에서 배를 빼고 부른 칭호였다. 은혜가 하도 웃으며 말해서, 영서는 농담이라고 생각했고, 곧 다시 동현과 친구가 될 수 있으리라 여겼다. 그런데 그런 날은 오지 않았다. 유민은 동현에게 결별을 선언했고, 동현은 오히려 유민을 괴롭혔다는 이유로 친구들에게 왕따와 괴롭힘을 당했다. 영서는 동현을 도와주고 싶었지만, 괜히 휘말리지 말자는 은혜의 충고를 받아들이기로 했다. 동현은 설상가상 부모님의 사업마저 나락으로 떨어지는 고통을 맛봐야 했고, 쫓겨나듯 월영시를 떠났다. 동현은 이후 아무 연락이 되지 않았다.

영서는 잠시 자신의 '비겁함' 때문에 괴로워했지만 곧 십대 때 흔히 일어나는 일로 여기고는 잊어버렸다. 잊어버리기로 했다는 말이 맞을 것이다. 그런데 지금 그 동현이 생각났다. 매싸가 영서의 손을 잡고 나서 무의식적으로 은혜를 돌아본 게 그 생각이 난 원인이었다. 은혜는 묘한 미소를 짓고 있었다. 동현이 때도 그랬다. 동현을 '신자'라고 말할 때도 그 비슷한 표정이었던 것 같다.

그때 사실 아이들 사이에 소문이 돌았다. 은혜가 주도해서 동현이와 사귄다는 이유로 유민이를 왕따시켰다고. 지독하게 괴롭히는 바람에 유민이는 동현이와 헤어졌고, 다시는 동현이와 말도 하지 않게 됐다고. 소문은 그게 끝이 아니었다. 은혜의 아빠가 운영하는 회사와 거래하던 동현이의 아빠는 일자리를 잃었다고 했다. 그래서 할 수 없이 동현이네 가족은 월영시와 최대한 멀리 떨어진 남쪽 어느 마을로 이사를 가야 했다는 게 그 소문이었다.

영서도 그 소문을 들었지만 애써 잊고 있었다. 은혜로운 은혜가 그럴 리 없다고, 자기 자신을 설득했다. 그리고 자신의 설득에 넘어갔다. 그럼에도 은혜가 먼저 좋아한 것을 좋아하지 말자고 다짐했었다.

그 와중에도 매싸는 흥분된 목소리로 설명을 이어나가고 있었다.

"137억 년 전에 얽힌 전자들이 우리 몸을 드나들고 있어. 은혜에게 그 전자가 하나 있고, 나에게 하나 있으면 우리는 얽혀 있는 거야. 영서에게 하나 있고 은혜에게 하나가 있으면 너희 둘은 얽혀 있는 거야."

은혜는 씩 하고 웃다가, 다시 차가운 표정으로 돌아갔다. 더 이상 은혜로운 은혜가 아니었다.

매싸의 설명은 클라이맥스로 치닫고 있었다.

"인간의 몸에는 10의 28제곱만큼의 원자가 있어. 그게 얼마만큼이냐 하면 1만에 1조를 곱한 다음 다시 1조를 곱한 숫자야. 인간의 개념으로는 무한대에 가깝지. 그런데 그 원자 하나마다 한 개부터 수십 개의 전자를 가지고 있어. 우리와 얽혀 있는 사람이 있을 가능성이 매우 크다는 말이야. 오늘은 여기까지 기억하도록 해라."

매싸는 다시 영양제를 나눠주고 수업을 끝냈다. 학원을 빠져나간 은혜는 영서를 돌아보지도 않고 집으로 향했다. 영서도 은혜를 잡으려 하지 않았다. 다만 집까지 걸어가면서 생각했을 뿐이다.

'매싸에게 끌릴 뻔했어. 만약 그랬다면 나도 동현이처럼 되었을까?'

이유가 있으면 다 괜찮다

또, 매싸가 나오는 악몽에 시달렸고, 거기다 은혜까지 나오는 악몽에 시달렸다. 꿈속에서 그들이 괴롭힌 적은 없으니 그냥 꿈에 시달렸다고 해야 하나?

다시 특별 수업일이 되었다. 영서는 그동안 은혜에게 한 번도 연락받지 못했다. 물론 영서도 은혜에게 연락하지 않았다. 차단한 것 같지도 않았고 차단할 필요도 없었다. 서로 메시지를 보내지 않으리란 것을 잘 알고 있기 때문이다.

이제 매싸의 안내가 없어도 익숙하게 3층으로 올라가 매싸의 사무실을 찾아간다. 그리고 눈인사도 없이 자리를 찾아 앉는다.

매싸는 영서와 은혜를 보더니 활짝 웃었다. 영서는 은혜와 지내느니 매싸와 있는 게 훨씬 나을지도 모르겠다고 생각하다가 고개를 흔들어 그 생각을 떨어내려 했다. 매싸는 영서의 마음을 아는지 씩 하고 미소를 지었다. 나이를 알 수 없게 하는 눈가의 주름이 잡혔다.

"오늘은 가장 중요한 이야기를 할 거야. 물론 시험에 나오지는 않는다."

고등학생에게 과연 시험에 안 나오는 중요한 게 있기나 할까?

"양자물리학이나 우주에 대한 이야기가 아니니까 이해하기는 쉬울 거다. 누구라도 말이야. 뉴턴의 세 가지 법칙은 모두 알고 있겠지? 은혜가 이야기해볼래?"

매싸가 향냄새를 풍기면서 말했다. 아무래도 저 향냄새에 뭔가가 있는 듯했다. 그 냄새를 맡을수록 매싸가 더 젊어 보이고 매력적으로 보였다. 멜라닌 색소가 부족하다는 머리색은 금발처럼 보였고, 눈빛은 은빛으로 반짝였다.

은혜는 눈을 반짝이며 대답했다.

"물체의 질량중심은 외부 힘이 작용하지 않는 한 일정한 속도로 움직인다. 물체의 운동량의 시간에 따른 변화율은 그 물체에 작용하는 힘과 같다. 한 물체가 다른 물체에 힘을 가하면, 그 물체에 힘을 가하는 만큼 힘을 받는다."

"그래 잘했어. 역시 똑똑해. 뭔가 해낼 수 있겠어."

매싸의 칭찬에 은혜의 입이 벌어졌다.

"그러면 이번에는 영서가 만유인력의 법칙을 말해볼래? 당연히 할 수 있겠지?"

'당연히 할 수 있지.' 영서는 암기를 잘했다. 그래서 문과라면 더 쉽게 공부하지 않았을까 하고 후회한 적도 많았다. 그리고 매싸에게 잘 보이고 싶은 마음이 은연중에 드러나서 더 또박또박 말했다.

"두 물체 사이에는 중력이 작용한다. 그 세기는 물체가 가진 질량의 곱에 비례하고 두 물체 사이 거리의 제곱에 반비례한다."

매싸는 이번에는 말로 칭찬하지 않고, 매력적인 미소를 지어주었다.

"뉴턴의 법칙은 정말 강력했어. 일어나는 모든 일을 이 법칙으로 설명할 수 있었지. 지상에 있는 물체의 움직임은 물론 천상에 있는 별의 움직임까지 계산해낼 수 있었어. 이전에 이보다 명쾌하게 세상을 설명하는 법칙은 없었지. 드디어 세상이 계산 가능하고, 따라서 예측 가능하게 된 거야. 그런데 이렇게 명확한 법칙인데도 동의하지 못하는 사람들이 있었어. 왜 그랬을까?"

"종교 때문에?"

은혜가 대답했다. 그럴듯한 답변이었다. 과학과 대척점에 종교가 선 경우가 많았으니까.

"아니."

매싸가 단호하게 대답했다. 은혜는 실망하는 표정이 역력했다. 그리고 곧 영서를 노려봤다. 영서는 이유 없는 적개심은 무시하기로 했다.

"이유는 '이유' 때문이야. 사람들은 이유를 알고 싶었어. 뉴턴이 제시한 방법으로 계산하면 모든 것이 명확하게 맞아떨어지지만, 왜 중력이라는 것이 있고 어떤 방식으로 힘을 미치는지는 설명되지 않았어. 그래서 사람들은 믿으려 들지 않았지. 오히려 사람들은 데카르트의 방법이 더 옳다고 생각하기도 했어.”

“데카르트의 방법이요?”

영서는 자기도 모르게 입 밖으로 소리를 내 말했다.

“그래 ‘나는 생각한다, 고로 존재한다’의 그 데카르트. 데카르트는 세상을 ‘수학적’으로 이해하려 한 사람이야. 수학이 공리를 기본으로 삼고 점점 복잡한 수식을 정리해나가듯이, 세상은 공리를 바탕으로 설명할 수 있다고 생각했지. 그 공리가 바로 ‘나는 생각한다, 고로 존재한다’야. 세상 모든 것을 의심할 수 있지만, 생각하고 있는 내가 존재한다는 사실만큼은 부정할 수 없다는 주장이었지. 그 주장에서 시작해 데카르트는 많은 이론을 남겼지. 지금으로 보면 틀린 것이 더 많지만 말이야.”

매싸는 거기까지 말하더니 노트에 소용돌이 문양을 그렸다.

“이렇게 빙글빙글 돌고 있는 물에 나뭇잎을 떨어뜨리면 어떻게 될까?”

“빙글빙글 돌겠죠.”

영서가 대답했다.

“맞았어. 키킥. 역시….”

영서는 칭찬받은 것이 기뻤지만 이제 옆으로 고개를 돌리지는 않았다. 은혜가 어떤 눈으로 쳐다볼지 느껴지기 때문이었다.

"지구도 돌고, 태양도 돌고, 별도 돌고 있지. 데카르트는 우주가 에테르라는 물질로 가득 차 있고 그것이 소용돌이치고 있다고 생각했어. 그래서 우주가 나뭇잎처럼 돌아가는 거지. 사람들은 중력이라는, 뭔지도 모르는 힘이 있다는 말보다 이쪽을 더 믿으려 했어. 그럴듯하니까."

여기까지 말하고 매싸는 뒤로 돌아서 캐비닛으로 향했다. 캐비닛을 열자 향냄새가 폭풍처럼 밀려왔다. 냄새가 너무 강해서 살짝 어지러움을 느낄 정도였다. 매싸가 들고 온 것은 병 두 개였다. 검붉은 액체가 그 안에서 살아 있는 듯 찰랑거렸다. 매싸는 병을 테이블에 올려놓았다.

영서는 그 병에서 눈을 뗄 수 없었다. 마치 자기를 끌어당기는 것 같았다.

영서는 병으로 손을 뻗었다.

"아니, 아직이야."

매싸는 영서의 손등을 가볍게 때리며 말했다. 매싸는 아무 말도 하지 않고 영서와 은혜를 번갈아 보다가 이윽고 입을 열었다.

"이 액체야말로 내 수업의 정수이자 모든 것이야. 너희는 왜 이곳에서 수업을 받고 있지?"

"성적을 올리려고요."

은혜가 머뭇거리다가 대답했다.

"틀렸어!"

매싸가 얼굴을 붉히면서 소리쳤다.

"정확히 말하자면 성적을 올리는 게 아니라 등수를 올리려고지!"

매싸는 자기 얼굴을 은혜의 얼굴에 거의 닿을 듯 가져갔다. 그리고 영서를 돌아보며 말을 이었다.

"너희 점수가 안 오르더라도 다른 아이들의 점수가 떨어지면 너희의 등수는 올라가는 거야. 많이도 필요 없어. 너희와 비슷한 점수를 받고, 생각이 비슷한 경쟁자 수십 명만 아래로 떨어뜨리면 돼. 어차피 대학은 그 수십 명과 경쟁하는 거야. 너희보다 점수가 훨씬 높거나, 혹은 낮거나, 혹은 지망이 다르거나, 생각이 다른 사람들은 경쟁 상대가 아니야. 너희와 비슷한 아이들, 생각이 비슷해서 비슷하게 지원할 아이들, 그 아이들만 떨어뜨리면 돼. 바로 이것으로."

매싸가 물약을 집어 들면서 황홀한 듯 말했다. 영서는 그 순간부터 몸이 떨려오는 것을 느꼈다. 갑자기 원장실이 너무 추워졌다.

"어떻게…."

영서는 기어들어가는 목소리로 간신히 말했다. 더 큰 목소리를 내려 해도 매싸의 기운에 눌려 소리가 나오지 않았다.

"지금부터 잘 들어. 오늘 집에 가서 이 약을 마셔. 그러면 잠도 오지 않고, 집중력이 극도로 높아질 거다. 몇 시간을 책을 봐도 졸리지 않고 그 내용이 머릿속으로 쏙쏙 들어오는 게 느껴질 거야. 공부를 해라. 열심히. 그렇게 나흘 정도 지나고 나면 환각이 보이기 시작할 거야. 그러면 집중해서 찾아내라. 너희와 생각이 비슷한 아이들을. 너희와 생각이 비슷하다면, 같은 전자를 가지고 있을 가능성이 높다. 얽혀 있는 그 아이들이 보이면, 너희가 할 수 있는 모든 방법을 동원해서 괴롭히고 저주해라. 그 아이들을 불쌍하게 여기지 마라. 너희의 경쟁자일 뿐이다."

"환각 속에서 괴롭힌다고 그 아이들에게 무슨 일이 일어날까요?"

이번에는 은혜가 매싸에게 물었다. 은혜의 목소리도 거의 잠겨 있었다.

"너희와 얽혀 있는 만큼 그 아이들에게도 똑같이 환각이 보일 거다. 그런데 큰 차이가 있지. 너희는 왜 환각이 보이는지, 왜 이런 일이 일어나는지 '이유'를 알고 있지. 그런데 너희와 얽혀 있는 아이들은 이유를 몰라. 이유를 안다는 것이 중요하다고 했지? 이유를 모르면 혼란에 빠지고 혼란에 빠지면 집중할 수 없게 되고, 그러면 당연히 성적은 떨어지는 거야. 우리 목표는 그거잖아. 시험을 망치게 하는 것. 그러니까 넌 이유 있는 고통을 받고, 너와 얽혀 있는 아이들은 이유

없는 고통을 받는 거야."

지금까지 매싸는 영서와 은혜에게 이유를 설명한 것이었다. 우주의 탄생과 전자의 생성, 얽힘 그리고 데카르트와 뉴턴의 우주론까지.

"너희는 할 수 있어, 나와 함께라면."

짙은 향냄새를 풍기며 매싸는 병을 내밀었다. 은혜는 미소를 지으며 병을 받았고, 영서는 살짝 손을 떨며 병을 받았다.

영서는 이 약물을 마셔야 할지 결정하기 전에 은혜를 쳐다보았다. 은혜는 얼굴에 미소를 머금고 병을 바라보고 있었다. 그 미소와 매싸를 바라보는 눈빛으로 짐작하건대 은혜는 효능과 상관없이 이 약물을 반드시 마실 것이다. 그렇다면 영서에게 다른 선택지는 없었다. 약을 마시는 수밖에….

환각 속의 경쟁자들

사흘하고도 열 시간이 지났다.

영서가 그 사실을 안 것도 방금 전이었다. 책상 옆에는 음료수와 빵 봉지, 컵라면 용기들이 쌓여 있었다. 사흘 전, 약을 마시고 과학탐구영역 교과서와 참고서를 펼쳤다. 그동안 지겨워서 진도가 나가지 않던 것들이 모두 눈으로 들어왔다. 정말로 그냥 글자가 들어오는 느낌이었다. 이해가 아니라 머릿속에 주입되는 느낌이라고 해야 할까? 그 와중에 틈틈이 엄마가 가져다주는 뭔가를 먹은 것도 같은데 몇 끼를 먹었는지, 무엇을 먹었는지 기억이 나지 않았다. 그저 무섭게 공부했다는 느낌밖에는.

이 정도로 공부할 수 있다면 얽힘이니 뭐니 다 필요 없을 것 같았다. 향냄새 짙게 나는 그 약물만 손에 넣을 수 있다면, 아무 걱정이 없었다. 다시 책에 집중하려고 영서는 고개를 돌리다가 누군가 옆에 앉아 있는 걸 알았다. 모르는 아이였다. 영서 또래였고, 단발머리였다.

'얽힘.'

영서는 무섭지 않았다. 단지 그 단어가 생각났을 뿐이다. 이 아이를 괴롭혀야 하는 것일까? 어떻게?

영서는 옆에 앉아 있는 아이의 머리카락을 쓰다듬었다. 아이는 눈동자가 커지면서 주위를 둘러보았다. 여전히 장소는 영서의 방이었다. 아이의 눈에는 다른 것이 보이는 모양이었다.

'넌 어쩌다 나와 같은 전자를 가지고 있어서, 이런 괴롭힘을 당하는 거니?'

영서는 아이가 불쌍했지만, 마음속 깊은 곳에서는 '다음에는 무엇을 해볼까?' 하는 호기심도 동시에 올라왔다.

이번에는 아이의 목을 쓰다듬어보았다. 아이는 소스라치

게 놀란 듯했다. 몸동작이 커졌다. 하지만 그 동작은 영서에게는 아무 영향을 주지 않았다.

'왜 얽힘이 일방적이지? 내가 이유를 알고 있기 때문인가?'

생각하고 있는 도중 왼쪽에 다른 아이가 나타났다. 이번에는 남자아이였다. 앞머리를 눈썹 바로 위까지 길렀고, 조금 통통했다. 분명 같은 나이겠지만 귀엽게 보이는 얼굴이었다.

영서는 장난기가 돌았다. 그 장난기에 힘입어 남자아이의 이마를 손바닥으로 철썩하고 때렸다. 남자아이는 순간 뒤로 넘어지더니 벌벌 떨었다. 눈동자가 뒤집히는 게 보였다.

"야, 내가 뭘 어쨌다고 그래?"

영서는 소리 내 말했다. 우스웠다. 겨우 이마 한 대 때린 것 같고 이렇게 벌벌 떨다니.

'이 정도라면 할 만하겠는데?'

일종의 쾌감이 올라왔다. 이렇게 재미있기만 하면 성적이, 아니 등수가 오른단 말이지? 못 할 게 뭐야? 그런 생각이 들기 시작하면서 거침없어졌다.

여드름이 많이 난 어떤 여자아이는 따귀를 때렸고, 요즘 아이답지 않게 스포츠머리를 한 남자아이는 뒤에서 목을 졸랐다. 눈을 찌르기도 하고, 허벅지에다 로우킥 연습을 하기도 했다. 아이들은 하나같이 겁에 질렸고 동시에 괴로워했다. 그렇게 닷새째 되던 날 영서도 잠에 들었다. 아무 꿈도 없이, 혼자 행복했다.

영서는 자신감이 넘쳤다. 다른 아이들을 괴롭혀서가 아니었다. 5일 가까이 집중력을 유지했다는 게 자신감의 원천이었다. 그 약만 있으면 계속 이렇게 공부할 수 있다는 게 즐거웠다.

영서는 특별 수업 시간이 아닌데도 매싸를 찾아갔다. 한편으로는 은혜가 없는 시간에 찾아가야겠다는 마음도 있었다.

"선생님, 이제 자신감이 생겼어요. 선생님이 그동안 무엇을 말씀하셨는지 알 것 같아요."

매싸는 밤에 만났을 때보다 생기가 좀 떨어져 보였다. 그래도 싱끗 웃으며 영서를 반겨주었다.

"그래, 그렇게 하는 거야. 물론 용건은 이것이겠지만 말이야."

매싸는 뒤쪽의 서랍장으로 가서 검은색 물약을 꺼내 왔다.

"이제 내성이 생겨서 효과가 더욱 빨라져. 전에 5일 안에 보였던 환각이 이번에는 3일 안에 보일 거야. 더 열심히, 더 강렬하게 경쟁자를 떨어뜨리도록!"

매싸는 다짐을 받듯이 주먹을 불끈 쥐어 보였다. 영서는 경쟁자를 떨어뜨리는 일보다 이 약을 먹고 집중해서 공부할 수 있다는 게 더 좋았지만, 크게 상관은 없었다. 환각 속에서 상대를 괴롭힌다고 해서, 실제로 그 아이들이 괴로움을 당하는지도 확실하지 않으니 열심히 공부하고 적당히 괴롭히면 될 일이다. 그렇게 또 영서는 자신을 설득했고, 그 설득에 넘어갔다.

집에 돌아온 영서는 미리 먹을 것을 잔뜩 챙겨 들고, 엄마에게 말했다.

이제 정말 죽을힘을 다할 각오로 며칠간 집중적으로 공부할 테니까 방에 들어오지 말라고.

"화장실은?"

엄마는 걱정하는 듯 물었지만 얼굴에서 미소가 떠나지 않았다. 고등학교 3학년인 딸이 죽을 각오로 공부하겠다는데 싫어할 리 없었다. 그리고 이상하게도 영서는 이 약을 먹은 후 화장실에 간 기억이 없다. 그래서 영서는 알아서 하겠다고 대답하고 방으로 들어와 약을 마셨다. 짙은 향냄새가 났고, 시간이 아까웠다. 약효가 사라지기 전에 한 글자라도 더 보고 싶었다.

이번에는 과탐뿐 아니라 영어, 수학도 공부했다. 처음에는 과탐 선생에게 받은 약이라 과탐만 공부했는데 그럴 필요가 없었다. 이렇게 집중이 잘될 때 다른 과목도 공부하는 게 이익일 것 같았다. 그렇게 사흘 정도 지났을까? 영서는 또 누군가가 옆에 있는 게 보였다.

'얽힌 아이들.'

이제 확실히 알 수 있었다. 이 아이들을 꼭 괴롭힐 필요는 없다고 생각했지만, 그렇다고 괴롭히지 않을 이유도 없었다. 영서는 스트레스를 푼다는 자신만의 논리를 세우고는 나타난 아이들을 괴롭히기 시작했다. 볼펜으로 찌르기는 기본이었고, 손에 잡히는 모든 도구들을 이용하기 시작했다. 그러다가 가장 간편한 방법이 목 조르기란 걸 깨달았다. 다른 아무 도구도 필요 없었다. 그저 아이들이 숨을 못 쉬어서 괴로워하는 모습을 보다가 적당히 풀어주면 끝이었다.

영서는 '왜'라는 질문은 잊기로 했다. 이 상황이 나쁘지 않았다. 그렇게 계속 아이들을 괴롭히다가 지쳐서 잠들었고, 하루가 지난 다음에 깨어났다.

매싸는 찾아갈 때마다 약을 꾸준히 잘 주기는 했지만, 집중력이 발휘되는 시간이 점점 줄고 있었다. 처음에는 보통 4~5일 정도 가던 약효가 3~4일로 줄더니 이제는 하루밖에 가지 못했다. 하루 공부하고, 하루는 아이들을 괴롭히다가 끝나는 패턴이 반복됐다. 매싸는 걱정하지 말라고 했지만, 영서는 걱정을 멈출 수 없었다. 이렇게 공부하는 시간이 짧아지다가는 금방 다른 아이들에게 따라잡힐 것 같았다.

"네가 걱정하는 만큼 다른 아이들도 걱정하고 있어. 게다가 네 라이벌들은 이유도 알 수 없는 고통에 시달리고 있지. 공부를 못 했으면, 아이들을 더 괴롭히면 돼. 어차피 그 아이들의 성적이 떨어지면 네 석차는 올라가는 거니까."

이제는 그 말을 들을 수밖에 없었다. 영서는 더 열심히 아이들을 괴롭히는 것으로 공부를 못 했다는 죄책감을 덜었다.

그렇게 치열하게 영서의 여름방학은 끝이 났다.

은혜

방학이 끝나자 매싸는 더 이상 약을 주지 않았다. 방학 때가 아니면 지금과 같은 패턴으로 공부할 수 없다는 게 그 이유였다.

"하지만 너희는 할 수 있단다. 왜냐하면 나랑 함께 노력했기 때문이지."

매싸는 영서에게 너희라고 말했지만, 영서 혼자였다. 은혜는 그 자리에 없었다. 매싸는 작은 약속을 하나 했다.

"9월 모의고사 보기 전주 주말에 강력한 것을 줄 거야. 마지막 복습을 할 겸 말이야."

강력한 것은 약을 말하는 것임에 틀림없었다. 영서는 불안하고 아쉬웠지만, 그럴 수밖에 없다는 것을 이해했다.

학교에서 영서는 은혜를 만났다. 아니 스쳐 지나갔다. 은혜는 영서에게 아는 척하지 않았고, 영서도 굳이 그럴 필요를 느끼지 못했다. 오히려 적대감이 일기까지 했다. 은혜의 옆에는 이름도 잘 기억나지 않는 한 아이가 붙어 있었다. 하지만 전혀 질투가 나지 않았다. 은혜와의 관계는 끝났다는 것만 여실히 느낄 수 있었다. 그보다 9월 모의고사가 더 기대됐다. 매싸가 주는 그 '강력한' 것이 선사할 '강력한' 안도감을 느끼고 싶었다.

9월 모의고사가 있기 전 주말, 드디어 매싸는 이전보다 진한 액체가 들어 있는 작은 병을 주었다.

영서는 매싸에게 물어보았다.

"은혜도 받아 갔나요?"

매싸는 알 듯 모를 듯한 미소만 지을 뿐, 영서의 말에 명확히 대답하지 않았다.

"은혜가 중요한 게 아니야. 가장 중요한 건 너 자신이다. 네가 남들보다 잘하면 그뿐, 혹은 네가 남들보다 못하지 않으면 그뿐이다. 결과는 같은 거니까."

영서는 집에 돌아와 책상 앞에 앉았다. 책상 한쪽 구석에 엄마가 가져다 놓은 사과와 과도가 있었지만 눈길도 주지 않고 바로 물약을 마셨다. 이번에는 이전과는 전혀 다른 느낌이 들었다. 전에는 집중력이 좋아진 느낌이었다면 이번에는 머리가 확장된 것만 같았다. 눈앞에 있는 책장 너머가 보이는 느낌. 마치 손만 닿아도 그 책 안에 있는 모든 것이 빨려 들어올 것만 같은 느낌.

이 시간을 놓칠 수 없었다. 책상 위에 미리 펼쳐놓은 요점 정리 노트를 펼치는 순간 글자 하나하나가 뇌에 박혀 들어왔다. 눈을 감아도 노트가 머릿속에 그대로 남아 있을 정도였다. 이 고양감을 시험 때까지만 지속시킬 수 있다면 등급 상승이 문제가 아니라 만점도 받을 수 있을 듯했다. 영서는 방이 어두워졌음을 알았다. 몇 페이지 안 본 것 같은데, 몇 시간이 흐른 것이다. 영서의 자신감은 갑자기 온데간데없이 사라지기 시작했다. 아직 노트를 다 보지도 못했는데 시간이 지나가면 큰일이었다. 게다가 대충 훑어보고 넘어가려 해도 집중력이 극도로 강해져 있어 의도와는 다르게 한 글자 한 글자를 외우듯 바라보는 걸 멈출 수 없었다. 집중력 최고조의 강박이었다.

그리고 하루도 채 지나지 않았는데, 아이들이 보이기 시작했다. 물론 얽힌 아이들을 괴롭혀서 등수를 올리는 것도 좋겠지만, 그보다 이런 집중력을 계속 맛보고 싶었다. 하지만 아이들이 나타나는 순간부터 그럴 수 없다. 그쪽이 신경 쓰여 더는 글이 눈에 들어오지 않았다. 이전 같지 않게 짜증이 밀려 올라왔다. '더 공부할 기회를 아이들이 뺏었어!' 더 열심히 괴롭혀줘야 이 짜증을 물리칠 수 있을 것이다.

그리고 문이 열렸다. '엄마는 겨우 하루도 못 참고 문을 여는 거야? 짜증 나게.' 영서는 밀려오는 짜증을 엄마에게 화풀

이할 요량으로 눈을 돌렸다. 하지만 그곳에는 '아이'가 서 있었다. 이전까지 아이들이 찾아오는 경우는 없었다. 어찌 되었든 아이가 나타났으니 그 짜증을 아이에게 풀어야겠다고 영서는 생각했다.

아이는 점점 영서에게 다가왔다. 흐릿하던 영서의 시야도 점점 밝아졌다.

'은혜?'

어렴풋이 짐작은 하고 있었다. 비슷한 아이끼리 얽힌다면, 가장 잘 얽힐 대상은 은혜였다. 은혜는 성큼성큼 다가왔다. 영서를 똑바로 노려보는 눈이 보였다.

'얽혀 있다는 것을 알면 상대가 보이는 건가?'

영서가 생각을 다 끝마치기도 전에 은혜는 달려와 영서의 목을 조르기 시작했다. 은혜의 얼굴에는 미소가 가득했다. 재미있어 죽겠다는 듯. 죽이는 게 재밌다는 듯. 그리고 은혜는 입을 열었다.

"그래, 영서. 너도 나하고 얽혀 있을 줄 알았어. 네가 안 얽혀 있으면 이상하지? 사실 난 매일 빌었어. 너하고 얽혀 있게 해달라고. 그래야 이렇게 목을 조를 수 있을 테니까 말이야."

은혜는 손에 더 힘을 주었다. 영서는 은혜의 머리카락을 잡았다. 이대로라면 정말로 죽을 것만 같았다. 영서는 잡은 머리를 있는 힘껏 잡아당겼다. 그제야 은혜는 옆으로 나동그라지며 영서의 목을 놓았다.

영서는 받은기침을 하며 정신을 차리려고 애를 썼다.

머리를 만지면서 일어난 은혜는 어이없다는 듯 웃었다.

"뭐야? 너도 내가 보이는 거야? 건드릴 수도 있고? 넌 뭐든 호락호락한 게 없구나."

그때 영서의 눈에 과도가 보였다. '저것만 손에 넣을 수 있다면.' 손을 뻗는 순간 먼저 과도를 낚아채 간 건 은혜였다. 은혜는 과도를 들고 한 발 더 영서에게 다가왔다.

"내가 왜 은혜로운 성격이었는지 알아? 모든 게 내 거였으니까! 모두가 내 것인데 성격이 은혜롭지 않을 수 없지. 그런데 감히 내 것을 노려?"

은혜는 이제 절규하고 있었다. 은혜가 말하는 '내 것'은 매싸임에 틀림없다. 바닥에 앉은 영서는 더는 피할 곳이 없었다. 손발이 부들부들 떨렸다.

"이게 무슨 소리…. 은혜야!"

문을 열고 들어온 사람은 엄마였다. 엄마는 소스라치게 놀라 소리를 질렀다. 엄마에게도 지금 우리가 보이는 것인가? 영서의 생각이 정리되기도 전에 엄마가 달려들어 은혜의 팔을 잡았다.

"왜 이러는 거야 은혜야."

은혜는 얼떨떨한 얼굴이었다.

"아줌마도 제가 보여요?"

"그래 다 보여. 무슨 일인지는 모르겠지만 이 칼은 놓고 이야기하자."

은혜는 마치 그제야 자기 손에 칼이 들려 있다는 것을 알았다는 듯, 만지면 안 되는 것이라는 듯 칼을 버렸다. 그리고 어떻게든 웃으려고 노력했다. 영서의 눈에 평소의 은혜로운 은혜로 되돌아가려는 필사의 노력이 보였다. 단지 그것이 더 기괴하게 보였을 뿐이다. 은혜의 기괴한 노력에도 불구하고 아이들의 다툼이 아니라고 판단한 엄마는 은혜의 엄마에게 전화했음은 물론, 경찰에도 전화했다.

착실하고, 유능한 선생

그 와중에도 영서는 9월 모의고사를 봤고, 성적은 조금 올랐고, 매싸는 사라졌다.

경찰서에서 조사를 받은 은혜는 극심한 신경증이라고 진술했다. 아무리 은혜가 목을 조르고 칼을 휘두르려 했다지만 월영시에서 은혜를 처벌할 수는 없었다. 물론 영서도, 은혜도, 매싸에 관한 이야기는 하나도 하지 않았다. 하지만 소문은 처벌보다 무서운 것이라, 은혜는 학교를 계속 다닐 수 없어 다른 도시로 재빨리 전학을 갔다. 그 도시에도 은혜 아버지의 손길이 미칠지는 알 수 없었다.

'은혜를 우리 집으로 이끈 것은 모든 걸 가져야 한다는 은혜의 욕망 때문이었을까? 아니면 약효 때문이었을까?'

아마 그 중간 어디였을 것이다.

영서는 학교와 학원을 변함없이 다녔다. 어떤 일이 있어도 그래야 하는 고3이니까. 매싸가 사라진 학원은 기운이 모두 빨린 듯 맥이 없어 보였다. 영서는 학원을 갈 때마다 과탐학원실을 슬쩍 엿보았지만, 매싸의 흔적도, 그 향냄새도 느낄 수 없었다.

10월 말 즈음, 강남 학원가에서 매싸와 비슷한 사람을 봤다는 이야기가 들려왔다. 흰머리, 나이를 알 수 없는 외모, 과학탐구영역. 모든 게 일치하는 정보였다. 영서는 매싸를 찾아가 보고 싶은 마음을 억눌렀다. 그 효능감을 다시 맛보고 싶었지만, 한편으로 다시 한번 매싸를 접하게 된다면 그 늪에서 절대 빠져나올 수 없으리란 공포도 동시에 일었기 때문이다. 영서는 매싸가 생각날 때마다 그날 밤 과도를 들고 자신을 노려보던 은혜의 핏발 선 눈동자를 떠올리며 마음을 다잡았다.

그리고 수능을 일주일 남긴 휴일, 영서는 집중하려 노력하면서 요점 정리 노트를 멍하니 보고 있었다. 앞에 글자는 있는데, 분명 아는 내용인데 머릿속으로 들어오지 않았다.

'어차피 공부도 안 되는데 잠이나 잘까?'

그렇다고 잠이 올 것 같지도 않았다. 머릿속만 복잡해지고 어찌해야 할지 알 수 없었다.

'그 약을 한 방울만 먹어도 어떻게 해볼 텐데.'

영서는 고개를 책상에 파묻었다. 모든 생각이 사라지고 그냥 이대로 잠들고 싶었다. 영서의 귀에 바람 소리 같은 것이 들렸다. 창문은 분명 닫혀 있었다. 고개를 들어 뒤를 돌아봐도 아무것도 없었다. 일어난 김에 요점 정리 노트에 다시 눈을 돌리려 하는데 목덜미가 서늘했다. 누군가 입으로 바람을 불어 넣고 있는 듯한 느낌이었다.

'왠지 이 느낌, 알 것 같은데.'

그렇게 생각하는 순간 목이 졸려왔다. 간신히 숨은 쉴 수 있는데, 소리는 칠 수 없었다. 영서는 몸부림쳤지만 그 보이지 않는 손길은 사라지지 않았다. 일어서서 방을 빠져나가려 해도 손끝 하나 움직이지 못했다.

영서는 알 수 있었다. 자신과 얽혀 있는 누군가가 그 강남 학원에 있다는 매싸를 찾아갔음을.

매싸는 유능하게도 누구인지 알 수 없는 그 아이에게 같은 처방을 해줬을 것이다.

그리고 알 수 없는, 그 경쟁자는 지금 벅차오르는 감정을 느끼며 내 목을 조르고 있을 것이다.

"○발, 매싸 새끼 ○나 유능하네."

그래, 지금은 욕이라도 해야지. 어떡하겠어?

2021년 기준으로 서울에서 ADHD 치료제를 처방받은 사람의 수는 송파구와 강남구가 약 2천 명, 금천구와 중구는 2백~3백 명 정도였다. 각 구별 인구수로 나눠도 송파구와 강남구는 약 0.3퍼센트, 금천구와 중구는 0.1퍼센트에서 0.2퍼센트 사이이다. 순 인구수로는 6배, 인구 비율로 따져도 많게는 3배가 차이 난다. 왜 그럴까? 학구열이 높은 지역에서 ADHD 치료제를 많이 처방받는다는 건 결코 우연이 아닐 것이다. 경쟁에 내몰린 아이들은 스스로 ADHD 치료제를 찾기도 한다. 국내에서는 유통이 금지된 약물인 애더럴을 구하고 싶다는 게시글도 인터넷 커뮤니티에 가보면 쉽게 찾을 수 있다.

참고로, 이 글에서 매싸가 준 약물을 먹고 영서가 느끼는 감정은 실제 애더럴을 처음 먹은 사람들의 수기에서 참고하였다. 그만큼 효능감을 느끼지만, 또한 그래서 그 효능감 없이는 아무것도 할 수 없다는 무력감도 동시에 찾아왔다고 하니, 혹시나 이 글을 보는 사람은 치료 이외의 목적으로 찾지는 말기를 바란다. 아, 물론 환각 부분은 창작이다.

처음에 〈얽힘〉에서 매싸는 양자역학을, 데카르트 역학을 알려주는 듯하지만 결론적으로 알려주는 건 경쟁의 속성이다. 경쟁에서 이기려면 나 혼자 잘하는 것만으로는 부족하다. 그 못지않게 상대가 못해야 한다. 매싸가 아이들을 가스라이팅까지 해가며 알려준 그 경쟁의 속성을, 우리는 현실에서 아이들에게 강요하고 있는지도 모른다. 그런 세상이 월영시보다 더 공포스러운 사회다. 그런 이야기를 해보고 싶었다.

—은상

4F

4층의 괴물

정명섭

"그게 진짜야?"

무진이의 물음에 콜라를 마시던 대현이가 크게 트림을 하면서 대꾸했다.

"그렇다니까."

그러고는 짧게 한 번 더 트림했다. 그러자 지나가던 아주머니가 얼굴을 찌푸렸다. 대현이는 어쩔 거냐는 표정을 지으며 앞으로 침을 찍 뱉었다. 그러자 아주머니는 고개를 절레절레 저으며 발걸음을 빨리해서 사라졌다.

공원에 모여서 얘기를 나누는 네 명은 월영시 최고의 불량 학생들이라 무서울 게 없었다. 촉법소년인 것도 있지만, 그와 상관없이, '그까짓 소년원'이라는 생각에 말썽을 멈추지 않은 것이다. 하지만 주목받는 건 부담스러운 일이었다. 특히, 네 명을 집어넣으려고 안간힘을 쓰다가 포기한 배불뚝이 강 형사는 대놓고 열네 살만 넘으면 꼬투리를 잡아서 처넣겠다고 떠들고 다녔다. 거기다 작년 겨울, 대박으로 큰 사고를 쳤기 때문에 한동안 알아서 잠자코 지내야만 했다. 그러다 보니 돈이 떨어졌다. 오토바이도 바꿔야 하고, 공원에서 꼬신 여자애들과 놀러 가려면 돈이 있어야만 했다. 예전처럼 학생들에게 돈을 뜯는 것도 쉽지 않았다. 그런데 아주 쉬운 일거리가 들어온 것이다.

콜라를 워낙 좋아해서 콜라귀신, 줄여서 콜귀라는 별명을 가진 대현이는 다 마신 콜라 캔을 한 손으로 우그러뜨린 다음 길거리로 던졌다. 캔이 굴러가는 소리에 놀란 교복을 입은 여자아이는 대현이를 바라보고는 걸음을 빨리했다. 얼굴에 여드름이 잔뜩 난 대현이는 초등학교 때부터 유도를 해서 체격이 장난이 아니었다. 도망치는 뒷모습을 본 대현이가 입을 삐죽 내밀었다.

"아니, 우리가 무슨 병균이야. 뭐야."

대현이가 투덜거리자 그 옆의 벤치에 앉아서 스마트폰을 보고 있던 하영이가 낄낄거렸다.

"병균은 치료제라도 있지 우리는 치료제도 없잖아. 걸리면 죽거나 병신이 되는데 말이야."

이름은 여자 같지만 넷 중에 가장 힘이 세고, 키도 커서 리 더 역할을 하는 하영이의 말에 다들 고개를 끄덕거렸다. 사실, 가스라이팅 일인자인 하영이는 그 자신보다도 고검장까지 역임한 변호사이자 시장이나 국회의원에 출마한다는 소문이 나도는 아버지 덕에 리더가 되었다.

지난번에 괴롭힘을 견디다 못해 자살한 여자아이의 아버지는 법정에서 네 명을 가리켜 악마라고 했다. 하지만 월영시 최고의 네 악마들은 죽은 아이가 괴롭힘을 당했다는 명확한 증거가 없다는 이유로 풀려났다. 물론, 목격자는 차고 넘쳤다. 하지만 다들 월영시에 사는 이상 네 명에게 불리한 증언을 할 수는 없었다. 무섭기도 하고 그들과 연결된 불량 학생들이 많았기 때문이다. 심지어 학교만 졸업하면 스카우트하겠다고 나서는 조폭들도 있었다. 그런 상황이라 아무도 네 명을 건드리지 못했다.

대현이와 하영이 옆에서 역시 스마트폰을 들여다보던 세규는 갑자기 가방에서 쌍절곤을 꺼냈다. 넷 중 체구가 가장 작았지만 까무잡잡한 얼굴에 광대뼈가 튀어나와서 인상은 제일 사납고 더러워 보였다. 늘 체육복에 유행이 지난 스포츠 백을 가지고 다녔지만 아무도 놀리지 못했다. 가방 안에 항상 쌍절곤을 넣고 다녔기 때문이다.

"지랄 염병하네. 자기가 이소룡이야? 뭐야?"

무진이가 가볍게 투덜거렸지만 세규의 쌍절곤에 머리가 깨진 학생과 취객은 한둘이 아니었다. 돈을 상납하지 않는 학생에게 두 배의 돈을 받아낼 때나 취객의 지갑을 노릴 때 일단 머리를 깨놓고 시작하면 편했기 때문이다. 끼요옷 하는 소리와 함께 쌍절곤을 휘두르는 세규를 바라보던 무진이가 대현이에게 물었다.

"그러니까 웬 학원에 가서 서 있기만 하면 된다 이거야?"

파란색 마스크를 턱에 쓴 채 콧구멍을 후비던 무진의 물음에 대현이가 콜라 캔의 뚜껑을 열면서 말했다.

"그렇다니까. 내가 몇 번을 말했는데 귀찮게 자꾸 그러는 거야."

그러자 무진이가 어깨를 으쓱했다.

무진이는 평범한 체구에 안경까지 써서 언뜻 보면 평범한 학생처럼 보였지만 어떻게 보면 넷 중에 가장 무서운 아이였다. 나이프를 모으는 게 취미였기 때문이다. 초등학교 6학년 때 하도 말썽을 피워서 선생님이 커서 뭐가 될 거냐고 물으니 칼잡이라고 태연하게 대답했던 적이 있다. 선생님이 화를 내자 칼잡이 대신 닌자가 되고 싶다고 해서 더 열 받게 만들기도 했다. 지금도 가방 안에 칼과 수리검을 가지고 다니다가 마음에 안 들거나 돈을 안 내놓는 상대방의 얼굴에 칼자국을 내거나 손등을 찌르곤 했다. 물론, 경찰의 불심검문을 피하려고 가방 바닥을 이중으로 해서 넣었다.

대현이가 콜라를 한 모금 마신 다음에 길게 트림하고는 친구들을 바라봤다.

"아주 간단하다니까, 밤 12시에 그 건물 4층 보습학원에 가서 지정된 방 네 곳에서 한 시간 동안 서 있기만 하면 된다고."

"그래서 얼마를 준다는 거야?"

스마트폰을 만지작거리던 하영이의 물음에 대현이가 히죽 웃었다.

"한 사람당 백만 원씩, 도합 4백만 원이라고."

대현이의 말에 무진이가 콧구멍에서 꺼낸 코딱지를 둥글게 말면서 물었다.

"장난치는 건 아니겠지?"

"우리한테 장난칠 사람이 월영시에 누가 있다고."

대현이의 말에 열심히 쌍절곤을 휘두르는 세규를 뺀 두 명이 고개를 끄덕거렸다. 그러자 대현이가 마른침을 삼키며 말했다.

"80만 원은 선금으로 받았어, 그리고 나머지 320만 원은 다음 날 준다고 했다니까."

쌍절곤을 휘두르던 세규가 갑자기 끼어들었다.

"그럼, 선금만 받고 배 째면 안 돼?"

"나도 그 생각을 해봤는데 말이야."

대현이가 다시 트림을 하고는 덧붙였다.

"일이 엄청 어려운 것도 아니고, 80만 원 먹고 째느니, 320만 원을 더 버는 게 좋지 않겠어? 곧 여름인데 바캉스 가야지."

어깨춤을 추는 대현이의 얘기에 무진이가 하영이를 바라봤다. 그러자 하영이가 물었다.

"왜?"

"불안해서."

"뭐가 불안한데?"

"너무 쉬워서, 거기다 누가 부탁한 건지도 정확하지 않잖아."

무진이의 얘기를 들은 대현이가 짜증을 냈다.

"아이 씨, 설명했잖아. 그 보습학원에 다니던 선생이 복수하는 거라고."

"무슨 일을 겪었는데 4백만 원이나 들여서 복수를 한다는 건지 모르겠어. 거기다 우리 네 명이 각자 방에 서 있는 걸로 어떻게 복수를 한다는 거야?"

넷 중 가장 신중한 무진이의 얘기에 하영이가 동의한다는 표정으로 고개를 끄덕거렸다. 그러자 여드름투성이인 대현이의 얼굴이 빨개졌다.

"아씨, 세상 너무 복잡하게 살지 말라고. 선금까지 줬고,

우리한테 장난치거나 속이면 어떻게 된다는 거 월영시에서 모르는 사람이 누가 있다고 그래!"

대현이가 버럭 고함을 지르자 여전히 쌍절곤을 휘두르고 있던 세규가 말했다.

"나도 무진이랑 같은 생각이야. 너무 의심스러워."

"그럼 포기하자고?"

"그것도 나쁘지 않지. 우리한테 80만 원을 돌려달라고 하지는 않을 거 아니야. 그 돈으로도 휴가는 갈 수 있어."

"야, 폼 나게 좀 놀아야지. 그래야 여자애들도 꼬실 수 있고 말이야."

대현이가 핏대를 세우며 말하자 세규가 드디어 쌍절곤 휘두르는 걸 멈추고는 말했다.

"나도 마음에 걸려서 그래."

"뭐가 걸리는데?"

"그 시간에 거기에 있는 게 말이야. 그 보습학원이 있는 건물에 이상한 일들이 계속 벌어진다는 소문 들었어."

"도대체 무슨 소문?"

대현이가 답답하다는 듯 묻자 세규가 쌍절곤을 가방에 넣으며 대답했다.

"지하랑 아래층에 있는 학원에서 괴상한 일이 벌어지고 있다고 말이야."

"나도 들은 적 있어."

하영이까지 거들자 대현이의 표정이 어두워졌다. 그걸 본 무진이가 물었다.

"솔직히 얘기해봐. 무슨 일인데? 누가 부탁한 거야?"

무진이의 물음에 대현이가 더듬거리며 대답했다.

"그, 그러니까 말이야. 소진이가 부탁한 거야. 사실은."

소진이라는 이름이 나오자 다른 세 명은 배꼽을 잡고 웃었다. 소진이는 얼마 전부터 대현이가 쫓아다니는 여자아이이다. 작년에 월영시로 이사하면서 전학을 왔는데 연예 기획사에 길거리 캐스팅이 되어서 아이돌 데뷔를 준비할 정도로 예뻤다. 그래서 대현이가 엄청나게 들이댔지만, 소진이는 그야말로 가지고 놀았다. 어느 날은 팔짱을 끼고 하하 호호 웃고 다니다가 어느 날은 싸늘하게 대했다. 거기다 좀 놀았는지 힘깨나 쓰는 오빠들이 많아서 대현이나 친구들이 함부로 손을 봐줄 수도 없었다. 그렇게 몇 달 동안 밀당이 오갔는데 엉뚱한 곳에서 이름이 튀어나온 것이다. 세 명이 한심하다는 표정으로 바라보자 대현이가 얼굴이 붉어진 채 입을 열었다.

"그러니까 말이야. 소진이 외삼촌이 거기 보습학원 선생이었대."

"그런데?"

"거기 학원장이 괴짜인 데다 사이코라서 엄청 괴롭혔다고 하더라. 그런데 어느 날, 자기가 몸이 안 좋아서 보습학원을 잠깐만 운영하고 넘겨준다고 말했대. 그것도 아주 싼값으로."

남은 콜라를 다 마시고 트림하느라 잠깐 뜸을 들인 대현이가 덧붙였다.

"그런데 학원이 잘되니까 원장이 갑자기 말을 싹 바꾸더래. 말만 그렇게 한 거지 문서로 남겨놓은 게 없다고 말이야."

"환장하겠네."

무진이가 재미있다는 듯 웃자 대현이가 침을 튀기며 설명을 이어갔다.

"그런데 말이야. 그 보습학원이 내내 죽을 쑤다가 1년 사이에 엄청 잘됐대."

"원장이 그래서 말을 바꾼 거 아니야?"

세규의 물음에 대현이가 고개를 끄덕거렸다.

"맞아. 그래서 소진이 외삼촌이 왜 그렇게 학원이 잘되는지 이리저리 알아봤나 봐. 그런데 도통 이유가 안 나왔다더라. 월영시 인구야 뻔하고, 학원 선생이 바뀐 것도 아니었고 말이야."

"왜 갑자기 잘된 건데?"

"그 보습학원에서 공부한 애들 성적이 확 좋아져서 그랬대."

"선생이 바뀌지 않았다며?"

듣고 있던 무진이의 물음에 대현이가 고개를 갸웃거렸다.

"그런데도 그 학원에 다니기만 하면 성적이 팍팍 올랐다 이거지. 그래서 소문이 퍼지니까 당연히 쫙 모여들었대. 진짜 학생들이 꽉꽉 차서 다른 층으로 넓히려고까지 했나 봐. 그런데 말이야."

마른침을 삼킨 대현이가 주변을 쓱 돌아보며 덧붙였다.

"거기에 괴물이 있대."

예상 밖의 엉뚱한 얘기에 하영이를 비롯해서 세 아이 모두 크게 웃었다. 그러자 대현이가 얼굴을 찌푸리면서 말했다.

"진짜라니까, 소진이 외할머니가 용한 무당인데 그 학원이 있는 건물을 먼발치서 보더니 고개를 절레절레 흔들면서 가까이 가지 말라고 했다고 그랬어."

"왜?"

무진이의 물음에 대현이가 낮은 목소리로 말했다.

"터가 엄청 안 좋대. 예전에 사람들이 엄청 죽은 장소였다고 하더라고, 그래서 건물이 세워지고 이런저런 가게들이 들어왔다가 죄다 망해서 나갔대."

"그런데 학원은 왜 되는 건데?"

"사람들이 머무는 곳이 아니니까. 왔다가 뭘 오래 사 먹거나 마시지 않고, 공부만 하고 가잖아. 그리고 사람이 공부를 하면 엄청난 에너지가 나와서 나쁜 기운이 접근을 못 한다고 했어."

"그래서 그 건물이 지하부터 꼭대기까지 전부 학원이구나."

세규의 말에 대현이가 맞장구를 쳤다.

"맞아. 학원 사이에 다른 가게나 회사가 들어와도 죄다 망해서 나가니까 결국 학원만 남은 거지. 그렇다고 해도 다른 층 학원들은 그냥 현상 유지 수준이었어. 4층의 보습학원만 갑자기 잘된 이유가 바로 거기 사는 괴물 때문이야."

"괴물이 건물터의 나쁜 기운을 막아준다 이거야?"

"맞아. 나쁜 기운이 더 나쁜 기운을 막는 셈이지. 소진이 외할머니가 딱 보더니 4층에 더 안 좋은 기운이 돈다고 했어. 그전에는 없었다가 한 1년 전쯤에 갑자기 들어와서 자리를 잡은 거래. 그래서 건물의 나쁜 기운이 범접을 못 하는 거지."

대현이의 설명을 들은 아이들이 살짝 무서워하는 표정을 지었다. 그러자 대현이가 품속에서 뭔가를 꺼냈다.

"짜잔! 그래서 받아 왔지."

대현이가 꺼낸 것은 노란색 종이에 붉은색 글씨가 적혀 있는 부적이었다. 팔랑거리는 부적을 본 나머지 일행은 깔깔거리며 웃었다. 세규는 아예 부적을 뺏어서 이마에 붙인 다음에 강시 흉내를 냈다. 그러다가 가방에서 쌍절곤을 꺼내서 부적을 후려쳤다. 팔랑거리며 날아간 부적을 주운 대현이가 말했다.

"좋아. 너희들이 가지 않으면 다른 애들 모아서 갈 거야."

대현이의 말에 분위기가 갑자기 싸늘해졌다. 하영이가 아까 대현이가 한 것처럼 바닥에 침을 뱉었다.

"우리랑 틀어지겠다 이거야?"

"친구라면 이럴 때 도와줘야지? 내가 그냥 해달라는 것도 아니고 돈을 주겠다는데 놀리기만 하면 어떡하겠다는 건데?"

대현이가 목소리를 높이자 분위기는 더 어색해졌다. 그러자 세규는 가방에 쌍절곤을 넣고 얌전히 앉았다. 무진이가 나서서 분위기를 누그러뜨렸다.

"친구끼리 장난한 거잖아. 너무 화내지 마. 그냥 믿기 힘든 얘기라 그랬어."

무진이의 눈짓에 하영이도 미안하다고 말을 건넸다. 그러면서 폭발할 것 같던 분위기는 가라앉았다. 차분해진 분위기 속에서 하영이가 대현이에게 물었다.

"돈은 확실한 거지?"

"80만 원 받았다니까. 그리고 우리한테 사기 치면 어떻게 되는지 설마 모르겠어? 그리고 이건 아직 얘기 안 하려고 했는데 말이야."

마른침을 삼킨 대현이가 주변을 두리번거리며 조심스럽게

덧붙였다.

"이번 일만 잘 도와주면 소진이가 자기 친구들 데리고 우리랑 바캉스 가겠다고 했어."

"진짜?"

세규가 눈을 부릅뜬 채 물었다. 하영이와 대현이도 대꾸만 하지 않았을 뿐 기쁨을 감추지 못했다. 걸 그룹 연습생인 소진의 친구라면 다들 한 미모 할 것이라는 추측 때문이었다. 분위기가 확 달라지자 대현이가 부적을 든 손을 흔들면서 말했다.

"그러니까 이걸로 돈 받아서 소진이랑 친구들 데리고 동해로 가자고. 어때?"

맨 처음 고개를 끄덕거린 건 하영이였다. 우두머리 격인 하영이가 찬성하자 세규도 따라서 오케이라고 외쳤고, 마지막에 무진이가 살짝 주저하면서 알겠다고 대답하면서 물었다.

"그 괴물은 어떻게 없애야 하는데?"

"아주 간단해. 몇 가지 준비물만 있으면 된다고."

히죽 웃은 대현이가 부적을 도로 챙겨 넣으면서 말했다.

며칠 후, 학원이 있는 건물 근처의 카페에 네 명이 모였다. 그들을 알아본 학생들은 슬슬 자리를 떴고, 아르바이트생 역시 바짝 겁을 먹었다. 하지만 돈 벌 생각에 정신이 팔린 네 명은 얌전히 음료수를 받아서 창가 쪽에 자리를 잡았다. 제일 먼저 와서 기다리고 있던 대현이가 부적을 한 장씩 건넸다.

"자, 이건 필수 아이템이니까 하나씩 챙기고."

"이것만 있으면 된다 이거야?"

부적을 이리저리 들여다보던 세규의 물음에 대현이가 고개를 저었다.

"물론 아니지. 내 설명을 잘 들어봐."

그러자 장난기 많은 무진이가 음료수 잔을 들었다. 다들 낄낄거리는 와중에 대현이가 스마트폰을 들여다보면서 설명했다.

"저 건물 4층 보습학원에 있는 신은 오래전부터 월영에 살던 신이래. 월영이라는 도시 이름도 그 신에게서 나왔을 수도 있다고 했어. 그러다가 1년 전쯤 어떤 계기로 저 학원에 들어간 거 같고 말이야."

"졸라 오랫동안 알박기한 신이라고?"

이번에도 무진이가 장난을 시도했지만 대현이가 재빨리 받아쳤다.

"그래서 힘이 졸라 세다고 하더라. 하지만 변덕이 심하고, 약점이 명확해서 정체를 알기만 하면 쉽게 물리칠 수 있대."

"약점이 뭔데?"

"자기를 무서워하지 않으면 겁을 먹는대."

"쫄면 뒤진다 이거야?"

무진이의 장난스러운 얘기에 대현이가 고개를 끄덕거렸다.

"정답."

"그럼 무서워할 필요는 없겠네?"

"무서워하지 않을 수 있다면 말이야."

분위기가 묘하게 흘러가자 대현이가 피식 웃었다.

"그래서 귀신들이 항상 무서운 모습으로 나타나잖아. 자기 보고 겁먹으라고 말이야. 그런데 막상 귀신 자체는 힘이 없대. 4층 보습학원에 있는 신도 마찬가지라서 누군가 자기를 보고도 겁을 먹지 않으면 괴물이 나타났다고 생각해서 도망친다 이거야."

대현이의 말에 무진이가 아는 척을 했다.

"그래서 월영시 안을 이리저리 떠돌았던 거구나."

"맞아. 일종의 겁쟁이 신인 셈이지."

둘의 얘기를 듣던 하영이가 끼어들었다.

"긴가민가하네. 요즘 세상에 귀신이 어디 있다고."

하영이의 말에 세규가 맞장구를 쳤다.

"그래, 어이없잖아."

하영이와 세규가 하는 얘기를 들은 대현이가 어깨를 으쓱거렸다.

"그러면 어때? 아무 일도 없으면 오히려 땡큐 아니야? 귀신이 안 나타나거나 없었다고 해도 돈을 받을 수 있는데 말이야."

대현이의 얘기를 들은 무진이가 고개를 끄덕거렸다.

"그렇긴 하지. 우리가 귀신이 있다고 했던 게 아니라 그쪽에서 귀신이 있다고 한 거니까 안 나타나도 우리 잘못은 아니지."

"맞아. 어쨌든 다음 날 잔금 준다고 했으니까 그 돈 가지고 바캉스 가면 된다니까."

신이 난 대현이의 말에 세규가 거들었다.

"그래, 소진이랑 걔네 친구들이랑 말이야."

다들 낄낄거리는 와중에 대현이가 말했다.

"어디 가서 술 한잔하고 코노 가자. 어차피 12시에 들어가야 하잖아."

"보습학원은 어떻게 들어가는데?"

무진이의 물음에 대현이가 자신 있게 대답했다.

"소진이 외삼촌이 비밀번호 알려줬어."

"열고 들어가서?"

무진이의 계속된 물음에 대현이가 가방을 테이블 위에 올려놓으며 말했다.

"각자 부적 뒤에 적힌 숫자의 방으로 들어가서 락카로 바닥에 원을 그려. 서 있을 수 있을 정도로 크게."

가방의 지퍼를 연 대현이가 래커를 꺼내서 흔들어 보인 다음에 도로 집어넣었다. 그리고 작은 복주머니 같은 걸 여러 개 꺼냈다.

"그다음에 주변에 이 안에 있는 걸 꺼내서 흩뿌리면 끝이야."

"그리고 한 시간 동안 버티면 되는 거야? 너무 간단하잖아."

무진이의 물음에 대현이가 얘기했다.

"그러니까 이런 기회를 놓치면 안 된다 이거지. 1시 지나서 인증샷 찍어서 보내주고 나오면 그만이야."

"쉽긴 하네. 끝내고 돈 확실히 챙겨라."

하영이의 말에 대현이가 걱정 말라고 큰소리를 쳤다. 그 와중에 계속 턱을 괸 채 창밖의 학원을 바라보던 세규가 중얼거렸다.

"어떻게 1층부터 꼭대기까지 전부 학원이야? 징글징글하다."

"그러게. 오죽하면 터가 안 좋은데 학원밖에 안 되겠어."

고개를 절레절레 저은 대현이에게 무진이가 말했다.

"가서 술이나 한잔하자."

"술값 셔틀할 애 없을까?"

하영이의 말에 무진이가 스마트폰을 꺼내서 이름을 쭉 검색했다.

"3반에 은성이한테 뜯어먹을까? 한동안 상납을 안 받았잖아."

남은 음료수를 빨대로 후루룩 마신 하영이가 말했다.

"오케이. 코노 비용까지 챙겨오라고 해."

코인 노래방에서 11시 30분에 나온 패거리는 학원 쪽으로 어슬렁거리며 걸어갔다. 자정이 가까워진 거리는 고요했다. 월영시는 치안이 좋은 편이 아니고 온갖 사건 사고들이 많이 벌어지는 곳이라 밤이 깊어지면 사람들이 외출을 잘 하지 않았다. 그래도 거리에는 술에 취한 취객들과 밤늦게까지 학원에서 공부를 마친 학생들이 오고 가는 중이었다. 그들 사이를 지나 학원에 도착한 패거리는 담배를 피우기 위해 학원 건너편 공터에 옹기종기 모였다. 그들 중에 유일하게 담배를 피우지 않는 무진이가 불이 꺼진 학원을 올려다봤다. 그러다가 옥상에서 뭔가를 봤는지 움찔했다. 담배를 길게 한 모금 빤 하영이가 그 모습을 보고는 물었다.

"뭔데?"

"옥상에 뭔가 있는 거 같아서."

"사람이 사는 거 아니야? 옥탑방처럼?"

하영이의 물음에 담배를 한 손에 든 대현이가 말했다.

"저긴 지하부터 꼭대기까지 죄다 학원이야. 옥탑방은 없어."

대현이의 설명을 들은 하영이가 무진이에게 물었다.

"사람 맞아?"

"잘 모르겠어. 순간적으로 스쳐 지나간 거 같아서 말이야."

무진이이 대답을 들은 하영이가 옆에 서서 학원 옥상을 바라봤다. 하지만 아무것도 보이지 않았다. 무진이가 부담스러운 표정으로 말했다.

"내가 잘못 봤나 봐."

"너 요즘 예민해진 거 같아."

하영이의 말에 무진이가 찔린 표정으로 대답했다.

"내, 내가?"

"그 일 때문이라면 이제 잊어버려. 우리 아버지가 잘 해결했다고 했잖아. 날 못 믿는 거야?"

"아, 아니야. 그냥 뭘 잘못 본 거 같아."

무진이가 서둘러 대답하자 하영이가 차가운 눈으로 한 번 바라본 다음에 대현이를 바라봤다.

"앞장서. 시간은 맞춰야지."

가방을 멘 대현이가 인적이 끊긴 도로를 건너서 보습학원이 있는 건물로 다가갔다. 낡고 우중충해 보이는 건물에는 '학원'으로 끝나는 간판들이 다닥다닥 붙어 있었다. 불까지 꺼져 있어서 섬뜩해 보이기까지 했다. 다행히 대현이가 가방 안에서 꺼낸 플래시를 비춰서 그럭저럭 뒷문을 찾아갈 수 있었다. 알루미늄 손잡이가 달린 유리문을 열고 들어가자 바로 계단이 보였다. 수많은 학생들이 참고서와 문제집이 든 무거운 가방을 메고 오르락내리락했을 계단을 플래시로 쓱 살핀 대현이가 앞장섰다. 좁고 가파른 계단은 중간에 계단참까지 있어서 마치 빙빙 도는 것 같았다. 4층에 도착하자 보습학원 이름이 붙은 문이 보였다. 전자 도어락으로 잠겨 있었는데 대현이가 플래시를 입에 문 채 뚜껑을 열고 비밀번호를 눌렀다. 삐빅거리는 소리와 함께 덜컥거리며 문이 열렸다. 내부도 어두컴컴했지만 플래시 덕분에 대략 구조는 눈에 들어왔다. 안쪽에는 일종의 대기실이나 로비 같은 작은 공간이 보였다. 왼쪽에는 접수대 같은 게 보였고, 오른쪽에는 오래된 책들이 꽂혀 있는 작은 책꽂이와 알록달록한 소파, 그리고 정수기가 있었다. 앞쪽으로는 복도가 길게 이어졌는데 좌우로는 번호가 붙은 문들이 보였다. 학원에서 아이들이 수업을 듣고 공부하는 공간처럼 보였다. 플래시에 비치는 방들을 본 세규가 중얼거렸다.

"여기가 공부를 하는 곳이라 이거지."

복도 끝은 원장실이었다. 원장실 문은 잠겨 있었지만 대현이는 대수롭지 않다는 듯이 말했다.

"어차피 저길 들어갈 일은 없으니까."

그러고는 복도 가운데 서서 패거리들에게 래커와 복주머니, 그리고 플래시를 하나씩 나눠줬다.

"아까 말한 거 알지? 원 안 끊기게 잘 그리고, 한 시간 동안 그 안에서 절대 나오지 마."

아까 했던 얘기를 다시 반복한 대현이의 설명을 들은 하영이가 말했다.

"단톡방에서 얘기 나누면서 시간 때우자."

"오케이."

다들 웃으며 부적에 적힌 숫자를 따라 각자의 방으로 들어갔다. 무진이는 4라고 적힌 숫자를 확인하고는 투덜거렸다.

"재수 없는 번호네."

하지만 누가 바꿔줄 것도 아니라서 그냥 부적을 챙겨서 4호실로 들어갔다. 한쪽 벽은 화이트보드가 붙어 있었고, 작은 교탁이 있었다. 그 앞으로는 무진이가 제일 싫어하는 일체형 책상들이 줄지어 놓여 있었다. 책상들을 가장자리로 밀어버린 무진이는 가운데 빈 공간에 동그랗게 래커를 칠했다. 그리고 복주머니의 주둥이를 열어서 안에 든 걸 손바닥 위에 털었다.

"이게 뭐야?"

말린 후추 같기도 하고, 그냥 콩 같기도 한 것들이 수북하게 나왔다. 무진이는 일단 래커로 그려놓은 동그라미 주변에 살살 뿌렸다. 그리고 나서야 실수한 것을 깨달았다.

"젠장, 크기가 애매하잖아."

서 있는 건 상관없지만 너무 좁아서 다리를 뻗거나 움직이는 게 어려울 거 같았다. 다시 그릴까 했지만 그러다가 무슨 문제가 생길지 몰라서 일단 한 시간만 버텨보기로 했다. 그때 주머니에 넣은 스마트폰이 울렸다. 패거리들이 있는 단톡방에 톡이 올라온 것이다. 하영이를 시작으로 혼자라서 심심하고 겁이 나서 그런지 엄청나게 빠르게 올라왔다.

하영: 다들 원 잘 그렸어?

세규: 대충, 이제 한 시간 동안 서 있으면 되는 거야?

대현: 응, 다리 아파도 좀만 참아.

세규: 원 밖에 나가면 어떻게 되는데?

대현: 소진이가 별일 없을 거라고 했어. 하지만 그러면 처음부터 다시 해야 한다고 했어.

세규: 내일 다시 해야 한다고?

대현: 아니, 1년에 한두 번 할 수 있는 날이 있대. 오늘 못 하면 내년으로 넘어간대.

하영: 다들 대현이 시키는 대로 해. 한 시간에 백만 원 버는 거 쉽지 않아.

단톡방을 보고 있던 무진이는 끼어들려고 하다가 문밖에

서 쿵 소리가 나는 걸 들었다. 화들짝 놀란 무진이는 얼른 톡을 남겼다.

무진: 야! 방금 복도에서 뭐가 떨어지는 소리가 났었어. 들은 사람?

대현: 어, 미안. 내가 플래시 떨어뜨렸어.

무진: 씨발, 놀랐잖아.

대현: 나도 놀랐거든, 거기다 불빛이 나를 가리키네. 한 시간 동안 플래시랑 눈싸움해야겠다.

대현이가 자기 쪽으로 빛을 쏘고 있는 플래시를 스마트폰 카메라로 찍어서 단톡방에 올렸다. 그걸 본 친구들은 ㅋㅋ나 웃는 이모티콘을 올렸다. 소리의 정체가 밝혀진 것에 안도한 무진이는 빠르게 카톡을 올렸다.

무진: 그나저나 무슨 신이라고 했지?

대현: 여기 보습학원을 지켜주는 신? 딱히 이름이 있지는 않다고 했어.

세규: 왜? 듣보잡이라?

대현: 아니, 너무 상태가 안 좋고, 엮이면 좋지 않으니까 이름조차 부르지 않았대.

무진: 이름도 부르지 못할 정도로 안 좋다고?

대현: 아니, 똥 같은 존재지. 더러우니까 피하는.

그리고 바로 대현이가 똥 모양의 이모티콘을 올렸다. 무진이를 비롯한 세 명은 ㅋㅋㅋㅋ나 웃는 이모티콘을 올렸다. 그렇게 시작한 잡담은 이런저런 이야기를 하는 것으로 넘어갔다. 어차피 할 일도 없고, 멍때리는 것보다는 손가락이 좀 아파도 카톡을 하면서 시간을 때우는 게 좋을 것 같다는 생각이 들었기 때문이다. 벌써 쥐가 나서 저려오는 한쪽 다리를 가볍게 턴 무진이는 단톡방에 하소연했다.

무진: 다리 아파.

대현: 나도.

세규: 난 쌍절곤 가져와서 휘두르는 중이야.

대현: 무진이는 나이프 가져왔니?

대현이의 물음에 무진이는 뒷주머니에 넣어온 발리송 나이프가 생각났다. 벤치메이드사에서 만든 제품으로, 아는 형 명의로 해서 어렵게 구한 것이라 가장 애착이 가는 놈이다. 두 개의 핸들 안에 칼날이 숨겨져 있고, 펼칠 때 멋지기 때문에 항상 가지고 다녔다. 이번에도 따로 생각하지 않았지만 자연스럽게 챙겨 나온 것이다. 한 손에 들고 있던 플래시를 다리 사이에 내려놓고 발리송 나이프를 꺼낸 무진이는 가볍게 더블 롤아웃을 했다. 발리송 나이프의 핸들을 펼쳐서 칼날이 나오게 하고, 손으로 반 바퀴를 돌려서 칼등을 가볍게 손등으로 친 다음에 그 반동으로 다시 칼날을 핸들 속으로 접어 넣는 방식이다.

다음으로는 호라이즌탈을 시도했다. 그 사건 이후 연습을 제대로 하지 않아서 약간 어색했지만 1년 넘게 연습했던 기억 때문인지 쉽사리 넘어갔다. 무진이는 한 손에 든 스마트폰으로 호라이즌탈을 하는 모습을 찍어 단톡방에 올렸다. 그러자 세규와 대현이가 솜씨가 녹슬지 않았다는 둥, 나중에 킬러가 되라는 둥 이런저런 얘기들을 했다. 세규 역시 한 손으로 쌍절곤을 돌리는 걸 찍어서 올렸다. 그러자 대현이가 신이 났는지 웃는 이모티콘과 함께 톡을 남겼다.

대현: 야, 진짜 쉽게 돈 버는구나. 안 그래?

세규: 맞아, 네 덕분이다. 자식아.

대현: 이제야 고마워하는구나.

세규: 아니야, 실은 처음부터 알고 있었지.

무진이는 여전히 마음 한구석이 불편했지만 일단 돈을 버는 건 사실이었기 때문에 고맙다는 말을 남겼다.

무진: 네 덕분이야. 대현아.

대현: 알면 됐어. ㅋㅋㅋㅋ

그렇게 화기애애한 분위기가 이어지면서 시간이 흘러갔다. 대충 15분이 지난 걸 확인한 무진이는 다시 발리송 나이프의 핸들 하나만 잡고 프로펠러처럼 빙빙 돌리는 패닝을 했고, 그걸 영상으로 찍어서 올렸다. 이번에도 대단하다는 얘기가 계속 나오면서 무진이는 기분이 살짝 좋아졌다. 그러면서도 마음 한구석은 계속 찜찜했다. 이유를 알 수 없다는 생각에 무진이는 단톡방을 뚫어지게 들여다봤다. 그러다가 왜 찜찜했는지 이유를 찾았다. 바로 단톡방에서 한 명이 계속 존재감을 드러내지 않았기 때문이다.

"하영이?"

서둘러 단톡방의 스크롤을 올려보자 아까 다리가 아프다고 할 때부터 하영이가 아무 대답도 하지 않았다는 걸 알게 되었다. 거기다 더 소름 끼치는 건 단톡방에 계속 숫자 1이 찍혀 있다는 것이다. 다들 스마트폰으로 들여다보고 있는 상황인데 톡을 안 올리고 숫자가 없어지지 않았다는 건 스마트폰을 아예 보지도 않았다는 것이다. 흩어지기 직전 직접 단톡방에서 보자고 했는데 정작 어느 순간부터 사라졌다. 마른 침을 삼킨 무진이가 조심스럽게 톡을 남겼다.

무진: 하영아?

대현: 왜?

무진: 아까부터 안 들어오잖아. 숫자도 안 없어지고.

세규: 어? 그러네.

대현: 언제부터 그런 거지?

무진: 아까부터, 숫자가 안 없어지는 거 보면 아예 보지도 않는
모양인데?

세규: 맙소사, 진짜네?

대현: 무슨 일이지?

무진: 나도 몰라. 방에서 나오지도 못하고, 폰을 계속 봐야 하잖아.

대현: 그렇지. 지금 할 수 있는 게 그거밖에 없는걸.

세규: 야! 하영아. 장난치지 말고 얼른 나와. 간 떨어지겠어.

대현: 얼른 댓글 달아.

하지만 단톡방의 숫자 1은 사라지지 않았고 하영이도 답글을 달지 않았다. 스마트폰을 뚫어지게 들여다보던 무진이는 귓가에 닿는 이상한 소리를 들었다. 뭔가 무거운 걸 질질 끄는 것 같은 소리가 복도에 들린 것이다. 고개를 돌린 무진이는 복도 쪽의 벽을 뚫어지게 바라봤다. 얇은 합판으로 만든 벽이라 보이지만 않을 뿐 소리는 거의 다 들렸다.

"저게 무슨 소리지?"

끊이지 않고 이어진 소리는 무진이가 서 있는 방 앞에서 딱 멈췄다. 무진이의 시선은 4호실이라는 글씨가 적힌 문에 고정되었다. 벽처럼 나무로 만든 문 너머에 괴이한 존재가 있는 게 확실했다. 무언가를 끌고 가던 그것이 걸음을 멈추고 자신이 서 있는 방 안을 뚫어지게 들여다보고 있는 것 같았다. 마른침을 삼킨 무진이는 조심스럽게 카톡을 남겼다.

무진: 야! 복도에서 이상한 소리 안 들려?

세규: 아니 안 들리는데?

세규는 바로 답했지만 대현이는 한동안 대답이 없었다. 그러다가 짧게 글이 올라왔다.

대현: 나도 안 들려.

세규: 무슨 소린데?

무진: 뭔가가 끌려가는 소리. 지금은 멈췄어.

세규: 어디에서?

무진: 내가 있는 4호실 앞에서.

세규: 이상한데? 내가 있는 5호실이 거의 맞은편이라 나한테도 소리가 들려야 하잖아.

대현: 뭘 끄는 소리였어?

무진: 모른다니까!

대현이의 거듭된 물음에 짜증이 난 무진이는 화난 표정의 이모티콘을 붙여서 댓글을 달았다. 그러면서 씩씩거리는데 멈췄던 소리가 다시 들려왔다. 아까보다 더 가까이 그리고 섬뜩하게 들렸다. 질질 끌리는 소리와 함께 가느다란 신음 같은 것이 들렸기 때문이다.

"미친."

화가 나고 짜증도 났지만 가장 먼저 들었던 감정은 두려움이었다. 어두컴컴한 보습학원의 방 안에서, 래커로 그린 원 안에서 꼼짝도 못 하는데 밖에서 이상한 소리가 들리는 것이다. 도망치고 싶었지만 원 밖으로 나가면 큰일이 생길 것만 같았다.

"미치고 팔짝 뛰겠네."

그때서야 두 다리 사이에 빛이 나는 플래시를 놨다는 사실이 떠올랐다. 물론 복도 쪽 벽은 창문이 없었고, 문도 굳게 닫혀 있었다. 하지만 얇은 벽과 나무로 된 문 너머로 빛이 새어나갈지도 모른다는 두려움이 든 것이다. 허리를 굽혀서 플래시를 집으려던 무진이는 무심코 움직인 발로 플래시를 걷어차고 말았다. 몸통이 둥근 플래시는 아주 살짝 차였음에도 불구하고 원 밖으로 데구루루 굴러가고 말았다. 그것도 하필

이면 문 쪽으로 빛을 쏘는 위치에 멈췄다. 문틈으로 빛이 새어나가기 딱 좋은 각도였다.

"이런 씨."

어떻게든 플래시를 가져오거나 최소한 빛이 나가는 방향이라도 바꿔야만 했다. 하지만 원 밖으로 나갈 수는 없는 노릇이다. 초조해진 무진이는 단톡방에 하소연했다.

무진: 문밖에 뭔가 있는 것 같은데 플래시를 그쪽 방향으로 떨어뜨렸어. 어떡하지?

세규: 나이프를 던져서 방향을 바꿔봐.

대현: 꺼지라고 기도해야겠네.

세규: 아니면 후 불어서 끄든가.

대현이가 세규의 말에 깔깔거리는 이모티콘을 남겼다. 그걸 보고 화가 난 무진이가 신경질적으로 톡을 남겼다.

무진: 진짜라니까!

대현: 40분 남았으니까 좀만 참아봐.

세규: 그래, 내가 있는 곳에서는 아무 소리도 안 들려.

무진이는 두 친구가 자기 일이 아니라고 대충 웃고 넘어간다는 생각에 화가 머리끝까지 났다. 거기다 하영이는 여전히 단톡방을 보지 않는지 숫자가 줄어들지 않았고, 답을 남기지도 않았다. 그러자 불길하고 무서운 생각이 들었다.

무진: 야! 혹시 하영이가 원 밖으로 나가서 여기 보습학원에 있는 신한테 끌려가는 거 아니야?

세규: 에이, 설마.

무진: 그럼 왜 하영이가 계속 톡을 안 보는데? 자기가 단톡방에서 얘기하자고 했잖아. 안 그래?

세규: 그건 그렇지? 하영이는 대체 어디 간 거야?

무진: 대현아. 원 밖으로 나가면 어떻게 된다고 했지?

대현: 어, 그러니까 그냥 조금….

무진: 조금 뭐? 똑바로 얘기해!

대현: 왜 화를 내고 그래?

대현이가 화가 나서 머리를 쥐어뜯는 이모티콘을 올렸다. 하지만 무진이는 무시하고 계속 물었다.

무진: 너, 뭐 숨기고 있지? 돈 때문에 우릴 속이는 거 아니야?

대현: 내가 뭘 속인다고 그래? 멋대로 화내지 마.

세규: 야, 대현이가 뭣 하러 우리를 속이겠어. 진정해.

무진: 화 안 낼게. 대신 똑바로 얘기해줘.

무진이는 단톡방의 글자 옆에 있는 숫자가 1로 줄어드는 걸 봤다. 하지만 세규는 눈치를 보느라 가만있는 것 같았고, 대현이는 아무 말이 없었다. 그 와중에 문밖의 소음은 뭔가를 끄는 대신 벽을 긁는 것 같은 소리로 바뀌었다. 아까 하던 생각이 이어지면서 끌려가던 하영이가 발버둥을 치면서 손으로 벽을 긁는 것 같다는 생각이 들었다. 직접 보지는 못했지만 그런 상상을 하자 머리카락이 곤두서는 느낌이 들었다. 그러면서 무심코 땀이 난 손바닥을 바지에 비볐다. 그러다가 문득 예전 생각이 났다. 잭나이프를 휘두르며 위협했을 때 형빈이가 같은 행동을 했기 때문이다.

"걔가 자꾸 손바닥을 바지에 비빈 게 이런 이유였구나."

자신도 모르게 예전에 괴롭힌 형빈이와 똑같은 행동을 한 무진이는 숨이 턱 막히는 공포감을 느꼈다.

"이게 어떻게 돌아가는 거야."

당장 집에 돌아가고 싶었지만 문밖에서 들리는 이상한 소리도 그렇고, 왠지 밖으로 나가면 큰일이 생길 것 같았다. 그 와중에 단톡방에 글이 또 올라왔다.

세규: 망할, 쌍절곤 떨어뜨렸네. 금방 집어 가지고 올게.

대현: 야, 안 돼! 30분만 참아.

세규: 쌍절곤이 없으면 불안하다고.

대현: 가지 마.

무진이는 스마트폰을 들고 있는 손이 거칠게 떨리는 걸 느꼈다. 세규는 다시 단톡방에 등장하지 않았다. 숫자는 이제 2로 올라갔다. 두 명이 보지 않는다는 뜻으로 세규 역시 무슨 일인가를 당한 게 분명했다. 그런 불길한 추측을 사실이라고 확정시키려는지 벽 너머 5호실 쪽에서도 쿵 하는 소리가 들렸다. 놀란 무진이는 대현이에게 카톡을 남겼다.

무진: 소리 들었어?

대현: 아니, 안 들렸어. 자꾸 무슨 소리가 들린다는 거야?

무진: 뭐가 넘어지는 소리였어. 진짜 못 들었어?

대현: 못 들었다니까.

무진: 원 밖으로 나가면 무슨 일을 당하는 건데? 제발 말해줘.

대현: 별일 아닐 거야.

무진: 둘 다 톡을 안 남기잖아. 뭔데!

대현: 아무 일도 아니라고. 그냥 30분만 참아.

아무 일도 아니니까 무작정 참으라는 대현이의 톡은 무진이를 더 불안하게 만들었다. 더 화를 내려던 무진이는 중요한 사실을 알아차리고는 너무 놀란 나머지 스마트폰을 떨어뜨렸다. 앞에 떨어진 스마트폰은 원 밖으로 나가지는 않았지만 액정이 쫙 갈라지면서 금이 갔다.

"씨발."

짜증이 확 치밀어 올랐다. 하지만 방금 깨달은 중요한 사실 하나는 무진이를 얼어붙게 만들었다.

"한 명이라도 자리를 뜨면 무효라고 했잖아."

대현이는 아주 여러 번, 원 밖으로 벗어나면 안 된다고 했다. 그런데 두 명이나 이미 자리를 벗어난 상태였다. 하영이는 그렇다 치고 세규는 분명 쌍절곤을 가지러 나간다고 하고서 톡이 끊겼다. 이미 무효가 된 상황인데도 대현이는 계속 자리를 지키라고만 했다.

"무슨 의도지?"

그러고 보니 이상한 점은 한두 가지가 아니었다. 갑자기 큰돈을 받았다면서 이상한 일을 시킨 것도 그렇고, 그걸 지키지 않으면 어떤 일이 벌어질지 제대로 얘기하지도 않았다.

"분위기에 휩쓸려버리고 말았어."

깊은 후회가 밀려왔다. 그냥 이 빌어먹을 학원을 나가서 집에 돌아가고 싶었지만 그럴 수는 없었다. 이미 둘이나 이상한 일을 겪었기 때문이다. 무진이 겁에 질릴 대로 질린 그때 액정이 깨진 스마트폰이 껌뻑거렸다. 대현이가 톡을 보낸 것이다. 조심스럽게 스마트폰을 들어서 바라보자 금이 간 액정으로 글씨가 보였다.

대현: 잘 버티고 있냐?

무진: 그래, 악으로 깡으로 버티고 있다. 대체 무슨 짓이야?

대현: 말했잖아. 4층 보습학원에 있는 괴물 때문이라고.

무진: 그래서 시키는 대로 하고 있잖아. 그런데 무슨 일이 벌어지고 있는 거야!

대현: 알려줘?

무진: 그래, 알려줘.

잠시 후, 굳게 닫혀 있던 문이 열렸다. 놀란 무진은 주머니에 넣어둔 발리송 나이프를 꺼냈다. 열린 문밖에 서 있는 건 방금 전까지 카톡을 하던 대현이와 세규, 그리고 하영이었다. 셋 다 멀쩡한 모습으로 서 있어서 무진이는 어안이 벙벙했다.

"뭐 하는 거야?"

무진이의 물음에 하영이가 어깨를 으쓱했다.

"어쩔 수 없었어. 우리들도."

"무슨 소리야? 어쩔 수 없다니."

"지난번에 너 때문에 죽은 형빈이 말이야. 알고 보니까 걔네 외할아버지 쪽이 힘이 좀 센가 봐."

"외가? 걔네 가난뱅이잖아."

"걔네 엄마랑 아빠가 부모 허락을 받지 않고 결혼했나 봐. 그래서 가난하게 살았던 거지. 그러다가 형빈이가 죽고 걔네 부모가 할아버지한테 가서 무릎 꿇고 빌면서 복수를 부탁한 거야."

하영이의 얘기를 들은 무진이는 뒤통수를 한 대 맞은 것 같은 기분이었다.

"야! 그래서 날 팔아먹은 거야?"

"솔직히, 사고는 네가 치고 우리가 수습한 거에 가깝지. 마이크로텍사에서 만든 비싼 발리송 나이프를 상납하라고 해서 걔가 못 견디고 뛰어내린 거 아니야."

하영이의 말에 세규와 대현이가 고개를 끄덕거리며 맞장구를 쳤다. 틀린 얘기는 아니라서 무진이는 얼굴을 붉혔다.

"배신자들 같으니."

"어쩔 수 없었어. 우리 아버지도 바로 꼬리를 내리더라."

하영이의 말에 무진이는 주먹을 꽉 움켜쥔 채 말했다.

"좋아. 내가 감방에 들어갈게. 갔다가 돌아와서 너희들을 그냥 두나 봐라."

무진이가 화를 내자 하영이가 혀를 찼다.

"너는 감옥에 안 가."

"그럼?"

대답은 대현이가 대신했다.

"여기 4층 보습학원에 사는 괴물의 제물이 되는 거지. 그러면 우리는 봐준다고 했어."

"뭐라고?"

"원을 그리고 주변에 복주머니 안에 있는 걸 뿌리는 건 제물을 놔두는 장소라는 뜻이야. 한 시간 동안 그 안에 있으면 제물이 되는 거지."

"그, 그럼 너희들은?"

무진이의 물음에 세규가 낄낄거렸다.

"우린, 안 그랬어. 너를 끌어들이려고 같이 온 것뿐이야."

"그럼 밖에서 난 소리들은?"

"그건 우리가 낸 거지. 네가 낌새를 채고 원 밖으로 나오면 소용이 없잖아."

세규의 얘기를 들은 무진이는 비로소 어떻게 된 일인지 깨달았다. 각자 방에 따로 들어갔기 때문에 무진이는 당연히 다른 친구들도 자신과 똑같이 원을 그리고 안에 들어간 줄 알았다. 그러나 아니었다. 대신 무진이가 한 시간 동안 그 안에 있도록 카톡과 소리를 이용해서 공포감을 조성한 것이다. 손에 든 스마트폰을 보자 한 시간 하고 5분이 지난 게 보였다. 고개를 들자 하영이가 비웃고 있었다.

"잘 있어라. 제물."

그리고 문을 닫아버렸다. 욕을 하면서 따라 나가려던 무진이는 뒤에서 들려오는 낯선 소리에 그대로 얼어붙고 말았다.

"뭐, 뭐지?"

천천히 뒤를 돌아보자 칠판이 있던 벽이 서서히 갈라지는 게 보였다. 마치 살아 있는 사람의 피부가 찢어지는 것처럼 끈적거리며 갈라진 벽에서 크고 작은 촉수들이 스멀스멀 기어 나왔다.

"으아악!"

놀란 무진이는 밖으로 도망치려고 했다. 하지만 두 발이 바닥에 붙은 채 꼼짝도 하지 않았다. 발을 떼기 위해 발버둥을 치던 무진이는 촉수에 휘감기고 말았다. 가지고 있던 발리송 나이프로 촉수들을 찍으면서 버티려고 했지만 순식간에 칠판의 갈라진 틈으로 끌려가고 말았다.

"사, 살려줘!"

바닥을 손가락으로 박박 긁으며 발버둥을 친 무진이가 외쳤다.

"다른 제물을 바칠게. 열 명, 아니 스무 명을 바칠게. 제발 데리고 가지 마."

무진이는 숨넘어가는 소리와 함께 애원했다. 잭나이프만

있으면 세상 무서울 게 없었지만 난생처음 보는 괴물 앞에서는 그 모든 게 무너져 내린 것이다. 하지만 촉수는 무진이의 애원을 들은 척도 하지 않고 단숨에 집어삼켰다.

무진이를 집어삼킨 벽은 천천히 닫혀버렸다. 그리고 아무 일도 없던 것처럼 어둠과 침묵이 찾아왔다. 아까 떨어뜨린 플래시만 덩그러니 놓여 있다가 서서히 불이 꺼지면서 어둠과 한 몸이 되었다.

작가의 말

학원과 공포는 참 비슷한 점이 많습니다. 이름만 들어도 오싹하거나 겁이 나면서 그곳으로 가기 싫다는 공통점이 있죠. 하지만 안 갈 수 없다는 점 역시 똑같습니다.

학창 시절 가장 궁금했던 것이 바로 야간 자율 학습이었습니다. 아무것도 자유롭지 않았는데 어째서 자율 학습이라는 이름이 붙었는지 정말 궁금했거든요. 하지만 그걸 물어볼 분위기도 아니었습니다. 진정한 공포는 실체가 없으며, 이유도 없다는 것을 생각한다면 소름 끼치도록 닮아 있습니다. 공포는 가지 말아야 할 곳을 갈 수밖에 없는 상황에서 벌어지기 때문입니다. 사람들은 그것을 공동묘지나 으슥한 지하 공간으로 많이 생각하지만 사실, 학원도 그런 장소이기도 합니다. 학교생활만으로도 지치는데 학원에서 또 오랜 시간을 보내야 하기 때문이죠. 학교보다 더한 경쟁과 긴장감을 가져야 하고, 친구도 존재할 수 없습니다. 오직 시험 성적을 올리려 다른 것들은 모두 희생하는 것이죠.

그래서 《괴이, 학원》 앤솔로지를 구상했을 때 반드시 학원이 가지고 있는 공포감을 보여주고 싶었습니다. 종종, 공부에 지쳐서 흐릿한 눈으로 칠판을 바라봤을 때 거기가 꼭 지옥의 입구처럼 보인 적이 있었거든요. 비어버린 내 통장이 가장 무서운 세상이지만 인간들은 여전히 자신들이 만들어낸 지옥에서 벗어나지 못하고 있습니다. 특히, 학원이라는 지옥에서 말이죠.

공포는 익숙한 공간에서 발생했을 때 더 무서운 법입니다. 평온해야만 하는 일상, 규칙적인 생활이 나를 파괴하는 현상이 되어버렸을 때 깊은 좌절과 절망을 느끼는 법이죠. 특히, 주인공이 어떻게든 위기를 넘기거나 살아남는 것과 달리 아무것도 못하고, 이리저리 끌려다니다가 결국은 희생양이 되고 마는 코스믹 호러는 최근의 한국 사회와도 많이 닮아 있습니다. 지역이나 성별, 재산 같이 당사자가 어찌할 수 없는 이유로 차별과 멸시, 그리고 갑질의 대상이 되고 있습니다. 과학이 발전해서 인간은 지구 밖으로도 나갈 수 있고, 눈에 보이지 않는 유전자 같은 것도 찾아내는데 정작 인간의 가슴속 상처는 치유하지 못하죠. 저는 이게 진짜 공포가 아닐까 하는 생각을 하면서 이 글을 썼습니다.

—정명섭

5F

이영의 꿈

김하늬

영이는 침대에 누워 꿈을 생각했다. 사실 영이는 간밤에 꿈을 꾸지 않았으므로 정확히는 꿈을 지어내는 중이었다. 하교 후에 햄과 잼이 엉성하게 발린 샌드위치로 간단하게 허기를 채우면 영어학원에 가야 했다. 그 씨발 영어학원. 아니지. 그 퍽킹 영어학원. 영어학원에서는 매번 수업 전에 꿈에 대해 스피치를 시켰다. 영이는 꿈을 꾸지 않았다. 그녀의 기억 속에서는 그랬다. 단 한 번도 꿈을 꾼 적이 없는데, 꿈에 대한 스피치를 해야 하다니. 그러나 영이는 녹색 눈동자를 깜박거리는 선생 제이미에게 사실을 고백하지 못했다. 제이미. 나는 꿈을 꾸지 않아. 이렇게 말하면 제이미는, 어떻게 그럴 수 있어? 더 이야기해봐! 하고 말했을 테지. 그것보다 꿈을 지어내는 게 더 편했다. 어제는 하늘을 날았고 오늘은 하늘을 뛰었다고 하면 되니까. 그렇게 한마디 하고 앉는 게 나았다. 남들과 다른 것을 드러내는 건 죽기보다 싫었다.

그런데 어제 학원에서 마이크와 일레븐이 꿈을 지어냈다. 분명했다. 마이크는 마을 광장에 거대한 힘을 지닌 외계인이 나타났고, 그가 제 친구의 몸에 숨어 있어서 자신이 빼냈다고 했다. 일레븐은 자신한테 초능력이 있어서 친구들을 괴롭히는 외계인을 공격했는데, 힘을 쓸 때마다 코피가 났다고 했다. 영이는 시큰둥하게 듣고 있었다. 외계인, 친구, 싸움, 이런 단어들을 머릿속으로 나열했다. 그런데 일레븐이, '기묘한' 꿈이었다고 말하는 순간, 영이의 머릿속에 있던 단어들이 새로이 조합되었다. 영이는 스피치를 하기 위해 홀로 서 있는 일레븐을 바라보았다. 일레븐도 영이의 시선을 느꼈는지 고개를 돌렸다. 영이는 일레븐의 표정이 평온해 보여서 정말 꿈을 꿨을 수도 있겠다고 생각했다. 드라마 〈기묘한 이야기〉를 보고, 그게 너무 감명 깊어서 꿈에서 나타났을 수도 있지. 이름도 일레븐으로 지었잖아. 그렇게 생각하고 나니 마음이 조금 나아졌다. 그러나 쉬는 시간에 일레븐과 마이크는 이렇게 말했다.

"다음에는 뭐 얘기할래?"

"기묘한 이야기 말고 해리포터 고?"

"야, 해리포터는 알아챈다고."

"뭐 어때, 꿈인데. 진짜 꿨다고 하는데 누가 뭐라 그래?"

영이는 마이크의 말에 수긍하듯 고개를 살짝 끄덕였다. 꿈이라는데, 내가 꾼 거라는데 뭐라고 할 수 있을까? 그때부터 영이는 꿈 이야기를 나누는 스피치에 대해 오래도록 생각했다. 꿈은 꿈 같아야 해서 지루하게 하늘을 날거나, 하늘을 뛰거나 걷거나 자거나 했는데 그러지 않아도 되었다. 꿈이니까, 그러니 영이는 꿈 스피치를 아주 잘 준비해 가야 했다. 영이는 침대에 누운 채로 입을 뗐다.

"제이미. 나는 꿈을 꿨다. 상당히 놀라운 꿈이었다. 공간은 우리 동네다. 월영. 나는 갔다. 친구들과 함께. 바닷가로. 나는 입고 있었다. 교복 안에 수영복을. 친구들이 아주 크게 웃었다. 그들이 말해주었다. 멋지다고. 나는 부끄러운 소녀가 되어 웃었다. 날씨는 매우 더웠다. 땀이 비처럼 쏟아져 내렸다. 그래서 나는 벗었다. 괜찮았다. 나는 입고 있었다. 수영복을. 그들이 나를 둘러쌌다. 그들은 교복을 입고 있었다. 오로지 나만 수영복 차림이었다. 준비됐어? 친구가 내게 말했다. 나는 준비됐어! 답했다. 나는 뒤통수에 올렸다. 깍지를 낀 양손을. 그리고 골반을 흔들었다. 어깨도 흔들었다. 친구들이 깔깔 웃었다. 나는 다시 부끄러운 소녀가 되었다. 날씨가 더웠다. 나는 바닷가로 뛰어 들어갔다. 바다는 얼음처럼 차가웠다. 그 속은 겨울이었다. 친구들이 모두 나를 보고 있었다. 그들이 나를 불렀다.

제로투!

제로투!

퍽킹 제로투!

나는 잠수했다."

영이는 이불을 걷어찼다. 영어학원에서 영이는, 그러니까 이 영. 그녀의 이름은 달랐다.

영어 닉네임 제로투.

그건 영이가 지은 게 아니다. 닉네임을 적는 칸에 누가 적어놓은 것이다. 영이는 그 이름에서 벗어나고 싶었다. 허리와 골반을 세차게 흔들어 재끼는 그 우스꽝스러운 제로투 댄스. 제로투 댄스를 시키는 일레븐과 마이크에서 벗어나고 싶었다. 어쩌면 자신의 꿈이 그 상황에서 벗어날 수 있도록 만들어주지 않을까? 제이미는 영이의 메시지를 발견할지도 몰랐다.

그녀는 처음으로 빨리 영어학원에 가고 싶었다.

제이미는 병가를 냈다. 일주일 뒤에 돌아온다고 했다. 제이미 대신 에릭이 들어왔다. 에릭은 꿈 스피치를 시키지 않았다. 대신 주말에 뭐 하고 지냈어? 물었다. 마이크와 일레븐은 해리포터 시리즈를 섭렵했다고 말했다. 누구는 놀이공원에 갔고, 누구는 다른 학원에 갔다고 답했다. 영이는 주말 내내 꿈을 지어내느라 침대에 틀어박혀 있었다. 에릭은 영이에게,

"제로투! 멋진 이름! 주말은 어떻게 보냈어?"

라고 물었다. 영이는 주말 내내 침대에 있었어요. 하고 말하려고 했다. 그런데 마이크와 일레븐이 먼저 손을 들었다.

"제로투는 제로투 댄스를 췄어요."

"보실래요?"

마이크와 일레븐의 SNS에는 영이가 있었다. 영이는 학교 복도에서 영어학원 복도와 옥상에서 제로투를 췄다. 마이크와 일레븐의 낄낄거리는 목소리가 음악처럼 나왔다. 에릭은 와우, 와우, 호응하며 요즘 유행하는 챌린지냐고 물었다. 마이크와 일레븐은 그렇다고 답했다. 제로투가 추는 제로투 댄스. 모두가 웃었다. 영이도 따라 웃고 싶었으나 그러지 못했다. 그렇다고 울지도 못해서 이상하게 일그러진 얼굴로 서 있었다. 그녀의 시선에 마이크와 일레븐의 화면 속 자신이 보였고, 영이는 제이미가 돌아오면 꿈 스피치의 공간을 바닷가가 아니라 학교 교실로 바꿔야겠다고 생각했다. 학교 교실에서 제로투를 추고 친구들이 어메이징하다고 따라 웃는 그

상황. 그 상황에 외계인이 등장해서 마이크와 일레븐을 갈가리 찢어 죽이는 꿈. 일레븐은 코피 대신 피를 토하고, 마이크의 친구들은 모두 도망가서 쓸쓸하게 죽음을 맞이하는 꿈. 영이는 그런 꿈을 지어내야 했다. 그녀는 수업이 진행되는 내내 노트에 꿈을 적었다. 구체적으로 묘사하고 공간을 만들었다 지우고 또다시 적었다. 그리고 영이의 노트를 옆에 앉아 있던 이영이 보았다. 영이는 그 사실을 몰랐다. 3개월 동안 옆자리에 앉아 있는 여자애, 레이철(Rachel)의 이름이 김이영이라는 것도.

이영은 집으로 가는 영이를 불렀다. 영이는 영어 수업이 끝난 뒤 옥상에 올라가 마이크와 일레븐 앞에서 제로투를 추었다. 일레븐은 치마를 무릎 위까지 올리라고 했고, 마이크는 영이의 교복 상의 단추를 모두 풀어주었다. 영이는 안에 민소매 티를 입고 있었다. 영이는 고개를 숙인 채 제로투를 췄다. 골반이 좌우로 왔다 갔다, 허리가 좌우로 왔다 갔다 했다. 뒤통수에 바짝 붙인 양팔이 저릿했다. 마이크와 일레븐은 잘 춘다고 했다. 섹시하게 잘 춘다. 끈적하다. 후끈하다. 영이를 둘러싼 말들이었다. 영이는 제발 제로투 댄스 유행이 빨리 끝나기를 바랐다. 아니, 그 전에 제이미가 어서 돌아오기를 바랐다. 내 꿈을 이야기하면 제이미가 놀랄 것이다. 마이크와 일레븐도 꿈이라는데, 내가 정말 꾼 꿈이라는데 뭐라고 할 수 없을 거라고 생각했다. 그렇게 생각하지 않으면 영이는 영어학원도, 학교도, 마이크와 일레븐도, 자신의 이름도 용서할 수가 없었다.

영이는 이영을 보고 고개를 갸웃거렸다. 이영은 영이의 교복 단추가 풀렸다고 지적했다. 영이는 이영의 말대로 교복 단추를 끝까지 잠갔다. 이영은 영이에게 집으로 가는 길이면 같이 가자고 했다. 영이는 처음으로 다른 사람과 함께 걸었다. 그러다 문득 이영은 왜 지금 집에 가는 것일까, 고민했다. 제로투 댄스를 40분이나 출 때 동안 이영은 자신을 기다린 것일까. 대체 왜일까. 영이는 끊임없이 고민하고 의문에 휩싸였다. 이영은 자리에 멈춰 섰다.

"나는 이쪽으로 가야 하거든."

이영이 가리킨 곳을 고급 단지가 모여 있는 아파트 쪽이었다. 영이는 고개를 끄덕였다. 이영은 영이의 앞에 바짝 다가왔다.

"네가 아니면 내가 제로투가 되었을까?"

"뭐?"

"내 이름. 김이영이거든. 나도 이영이라고."

"네 이름도 이영이라고?"

"아무래도 아니겠지? 난 김이영이고, 넌 이영이니까. 퍼스트 네임이 '영', 라스트 네임이 '이'. 영이. 너가 없었으면 제로투로 불릴 사람은 없었겠다."

영이는 다시 고개를 끄덕였다. 김이영이 제로투로 불릴 일은 없었을 것이다. 4년이나 호주에서 유학한 레이철은 김이영이 아니라 레이철이었다. 레이철은 레이철이라는 이름이 너무 잘 어울렸다. 마이크. 김상혁. 일레븐. 박수지. 게네들과는 달랐다. 그러니 김이영이 레이철이 아니라 제로투가 되어 제로투 댄스를 출 일도 없다. 그러나 영이는 짜증이 치밀었다. 김이영은 제 처지를 확실히 알려주려고 한 시간이나 자신을 기다린 걸까? 뭐 이딴 미친년이 다 있지? 그러나 영이는 말하지 못한 채 멍하니 서 있었다. 이영은 팔짱을 낀 채 영이를 응시했다. 쌍꺼풀이 짙고 콧대가 서양인처럼 높았다. 그러니까 레이철이 자신을 응시하는 것 같았다. 월영시에 사는 김이영이 아니라, 호주에서 맨발로 공원 산책을 하는 레이철.

"야."

"응."

"너 자각몽 꾸지?"

레이철이 물었다. 영이는 눈을 끔벅거렸다.

"모른 척하지 마. 노트에 쓴 거 다 봤어. 너 자각몽에서 걔네 괴롭히는 거지? 걔네가 널 괴롭히는 것처럼."

그녀는 다 알고 있다는 듯 이야기했다. 그러나 영이는 꿈

자체를 꾼 적이 없으므로 자각몽도 꿀 수 없었다. 영이는 상상 속에서도 그들을 지독하게 괴롭히지 못했다. 외계인이나 다른 생명체를 끄집어 왔으니까. 사실 영이는 그들의 괴롭힘을 환상처럼 꾸며내어 그 속에 있는 진실을 누군가 알아주길 기도할 뿐이었다. 순간 헛웃음이 나왔다. 나는 상상 속에서도 그들을 벌하지 못하는구나. 그 현실이 비참하기도 했다. 나는 왜 이런 식으로밖에는 생각하지 못할까, 자책하기도 했다. 영이는 이영의 말을 다르게 받아들였다. 이영은 영이에게 그들을 꿈속에서 괴롭히냐고 물었다. 영이에게 이영의 물음은 그들에게 벌을 줘야 한다는 말로 들렸다. 벌을 줘야지. 내가 당했던 것보다 더 심하게 괴롭혀야지. 상상 속에서 못할 게 뭐가 있을까. 영이는 이영을 보며 고개를 끄덕이며 말했다.

"네 말대로 벌을 주려고."

이영이 웃었다.

"내가 도와줄까?"

"도와준다고?"

"자각몽을 꾸는 건 어렵잖아. 난 이미 섭렵했거든. 원하면 내가 잘 꿀 수 있도록 도와줄게."

"왜?"

"나는 유치하다고 생각해. 누구 괴롭히는 거 말이야. 그래서 도와주고 싶어."

이영의 말은 스피치 같았다. 준비한 말을 자연스레 내뱉는 것 같았다. 그래서 환상처럼 들렸다. 그렇지. 괴롭히는 건 좋지 않지. 이영의 말이 맞는다. 그런데 자각몽으로 도와준다는 게 말이 되나. 이영이 내가 자각몽을 꾼다고 착각하지 않았으면 이런 말을 건넸을까. 영이는 이영이 이상했지만, 한편으로는 좋았다. 어쨌거나 누군가 도움의 손길을 내밀었다. 자각몽은 영이가 바라던 방식의 도움은 아니었지만.

이영은 영이가 알겠다고 답하자 제집으로 가자고 했다. 이영의 집은 고급 단지 중에서도 펜트하우스 층에 있었고, 영이의 엄마는 이영의 아파트 이름과 집 호수를 듣자마자 흔쾌히 수락했다. 영이는 이영의 집으로 갔다. 이영의 부모님은 부재중이었는데 어른들이 많았다. 모두들 흰 레이스 앞치마를 두른 채 주어진 일에 열중이었다. 이영은 영이에게 태그도 뜯지 않은 잠옷을 주었다. 영이는 이영의 방 안에 있는 거실 소파에 앉아 있다가 이영이 씻고 나온 뒤 욕실 안으로 들어갔다. 욕실에는 변기가 없었다. 오직 욕조와 세면대뿐이었다. 이영이 씻고 나와 수증기가 일렁였고 따뜻하고 향기로운 냄새가 났다. 영이는 바디워시로 머리도 감고 몸도 씻고 얼굴도 씻었다. 어쩐지 이영이 쓰는 샴푸와 트리트먼트와 린스나 클렌징폼을 감히 쓸 수 없었다. 이영과 똑같은 냄새가 난

다면 이영을 놓아주지 못할 것 같았다. 이영. 0이 두 개지만 제로투가 아닌 레이철.

영이는 자신의 처지를 잘 알았다. 공장에서 일하는 엄마와 아버지, 낡은 집에서는 케케묵은 김치 냄새가 올라왔고 화장실에서는 아버지가 피우는 던힐 빨간색 냄새가 났다. 그러니 그들에게 도움을 청하지는 못한다. 엄마는 학원 상담실에 앉아 상담실장의 손을 잡았다. 상담실장은 당황한 표정을 빠르게 거두었다. 엄마는 말했다. 20프로만, 아니, 15프로만 할인해주세요. 저희가 진짜 마음을 먹었거든요. 우리 애는 우리처럼 되면 안 되니까요. 그러니 부디 부탁드려요. 안 되면 저희가 주말에 나와 계단 청소라도 할게요. 영이는 공부도 잘하고 성실해요. 학원에 폐가 되지 않을 겁니다. 영이는 그 말이 상담실장에게 하는 건지 자신에게 하는 건지 헷갈렸다. 폐를 끼치지 않도록 노력해야 하는 건 자신이었는데, 이미 영이의 엄마와 아버지는 자신에게 폐를 끼친다. 영이는 머리를 말리며 시큰거리는 코를 손으로 비볐다. 콧물이 묻은 손은 새 잠옷에 닦아냈다. 그러자 잠옷이 제 것 같았다.

이영은 영이를 침대에 눕히고 다이어리를 폈다. 다이어리는 스마일 스티커가 덕지덕지 붙어 있었다. 이영은 익숙한 영어 발음으로 뭐라 중얼거렸다. 영이는 다 알아들을 수가 없었다. 알 수 없는 의식을 마친 이영은 영이를 지그시 바라보았다. 영이도 이영을 보았다. 이영은 영이에게 좋은 꿈을 꾸어야 한다고 말했다. 무의식을 의식이 먼저 잡아야 한다. 내가 꿈을 조종해야 한다. 꿈속에서 나는 행복해야 한다. 영이는 이영의 말이 주문처럼 들렸다. 이영의 말이 이영에게 주문처럼 들렸다. 이영은 항상 이런 주문을 외웠다고 했다. 영이는 이영이 꿈속에서 나는 행복해야 해, 하며 꿈속으로 들어가 행복해하는 이영을 상상했다. 이영은 한 번도 영이 앞에서 웃지 않았기 때문에 영이는 이영의 웃는 얼굴을 상상하기 힘들었다. 이영의 입꼬리가 바짝 올라가고 동그란 눈이 휘어진다. 웃고 있는데 기이하게 일그러진 얼굴이 떠올랐다. 막상 눈앞에 있는 이영의 표정은 너무 무심했다. 무심한 얼굴로 행복해하는 게 그녀와 더 잘 어울릴 것 같았다.

"잘 자. 일어나서 뭘 했는지 내게 말해줘."

그녀가 불을 끄고 밖으로 나가며, 자신은 부모님 방에서 잘 거라고 말했다. 영이는 이영이 제 옆에 누워 같이 잘 줄 알았다. 새근새근 잠에 빠진 이영의 얼굴을 보면 꿈을 꿀 수도 있을 것 같았다. 영이는 계속 뒤척였다. 꿈을 꾸길 바랐다. 이영이 자신에게 바라는 꿈이 나타났으면 싶었다. 그러면 이영이 환하게 웃을 것 같았고 계속 이영과 놀 수 있을지도 모른다는 생각이 들었다. 영이는 이영이 좋아할 만한 꿈을 상상했다. 그녀는 자리에서 일어나 이영의 책상과 책장을 뒤졌다. 영어로 빽빽하게 쓴 노트를 읽었고 그녀의 사진첩을 보았다. 이영은 호주의 공원에서 친구들과 사진을 찍었다. 친구들과 찍은 사진에는 언제나 그녀의 부모님도 함께 있었다. 거실 한쪽을 차지한 큰 사진 속의 어른들이었다. 사진 속에서도 이영은 웃지 않았다. 영이는 이영을 이영의 방에서 이해했다. 이영은 미키마우스를 좋아하는구나. 이영은 고양이도 좋아하는구나. 이영은 가끔 맥주를 마시고 옷장 깊숙이 처박아두는구나. 이영은 부모님을 죽이고 싶구나. 이영은 꿈에서 부모님을 항상 죽이는구나. 이영은 부모님을 칼과 밧줄로 묶어 바다에 던졌구나. 이영도 자신처럼 친구가 없었구나. 그러자 괜히 기분이 좋아졌다.

영이는 침대에 다시 누워 이영을 위한 꿈을 상상했다. 이영과 영이는 월영시의 칙칙하고 너저분한 모래사장이 아닌, 호주 브리즈번 해안가를 걷는다. 매끈한 모래를 밟을 때마다 웃음이 나온다. 바다에는 미키마우스가 그려진 거대한 배가 있고, 그 배에서는 솜사탕을 만들 때 나는 달콤한 냄새가 풍긴다. 해안가는 어른이 출입할 수 없어서 아이들만 있다. 아이들은 자유롭게 수영하고 자유롭게 술을 마신다. 이영과 영이는 손을 잡고 걷는다. 걷다가 영이는 모래를 빚어 미키마우스를 만든다. 미키마우스가 바닷물에 젖어 들면, 미키마우스가 미키마우스가 되어 영이와 이영에게 인사한다. 영이와 이영은 미키마우스와 함께 모래사장을 걷는다. 끊임없이. 계속, 계속, 계속.

영이는 들뜬 마음을 애써 감추고 이 이야기를 들려주었다. 이영이 웃기를 바랐다.

그러나 이영의 얼굴은 일그러졌다. 영이는 뭔가가 잘못되었다고 생각했다. 다시 꿈을 꿔야 했다. 지어내야 했다. 더 사실적으로, 믿을 법하게.

"너, 자각몽 꿀 줄 모르는구나."

"아니야. 진짜야. 꿀 줄 아는데. 진짜야. 꿈이야. 진짜, 내 꿈이야."

"거짓말하지 마."

"네가 어떻게 알아? 내가 꿨다는데, 네가 어떻게 아냐고. 자각몽이니까 내가 만들 수 있는 꿈이잖아. 그렇잖아."

이영은 세차게 고개를 저었다.

"넌 그 꿈에 빠진 적이 없어. 꿈을 꾼 사람의 표정은 너 같지 않아."

"뭐?"

"바라던 게 이뤄졌으면, 너처럼 SHIT 같은 표정을 짓지 않아."

"무슨 말인지 모르겠어."

"좆 같다고. 네 얼굴."

영이는 거울을 보았다. 여전히 자신이었다. 그게 문제였다.

❖

이후로 이영은 영이를 아는 체하지 않았다. 영이도 이영에게 아쉬운 마음이 들지 않았다. 이영의 집에서 자고, 이영과 함께 짧은 이야기를 나눈 게 꿈 같았다. 그래서 영이는 꿈에 대해서 줄곧 생각했다. 꿈을 꾸는 법. 자각몽을 꾸는 법. 나는 왜 꿈을 꾸지 않나요. 한 번도 꿈을 꾸지 않은 사람도 있나요를 검색했다. 답은 없었고 영이도 답을 찾기를 포기했다. 대신 꿈을 꾼 사람처럼 보이고 싶었다. 좇 같고 싶지 않았다. 영이는 유튜브에서 꿈 얘기를 들려주는 사람을 찾았다. 그들은 모두 꿈에 이입해서 이야기를 들려줬다. 꿈은 예지몽이 많았다. 내가 이 꿈을 꿨더니 정말 현실에서 이렇게 되었다더라. 영이는 그들의 표정을 자세히 살폈다. 팔에 소름이 돋았다며 보여주는 사람도 더러 있었다. 이입하는 것. 상상이 아니라 정말 보았으니까 지을 수 있는 표정.

문득 영이는 그렇다면 꿈을 현실로 만들면 되지 않는가. 그렇다면 경험한 거니까 생생한 표정이 나오지 않을까 생각했다. 그 생각은 꿈처럼 영이의 머리를 잠식했다. 영이는 현실적으로 꿀 수 있는 꿈을 상상했다. 마이크와 일레븐. 처음에는 체육복 차림으로, 교복 차림으로, 속옷만 입히고 제로투를 추게 하는 두 사람. 두 사람을 고발할 현실적인 꿈. 그 꿈을 꼭 만들어야지.

"제로투."

"제로투."

"제로투."

"야, 너 부르잖아."

이영이 영이의 옆구리를 찔렀다. 영이는 고개를 들었다. 에릭이 자신의 책상 앞까지 와 있었다. 그는 걱정 어린 표정으로 무슨 일 있냐고 물었다. 영이는 없다고 답했다. 에릭은 쉬는 시간을 가지자고 말하며 영이에게 잠깐 같이 나가자고 했다. 영이는 자리에서 일어났고, 뒤편에서 마이크와 일레븐이 영이를 불렀다. 제로투, 제로투, 제로투! 영이는 고개를 돌렸다. 마이크와 일레븐은 동시에 검지를 입에 댔다. 영어를 모르고 한국어를 몰라도 알아들을 수 있었다. 닥쳐. 닥쳐. 뒤지기 싫으면. 닥쳐. 영이는 고개를 끄덕였다. 말할 생각이 없었다. 자신은 꿈을 꿔야 했다. 꿈 스피치 시간에 말할 이야기가 필요할 뿐이었다. 그 간극에서 잃어버린 문제가 뭔지, 영은 알고 싶지도 않았다.

에릭은 오렌지주스를 영이에게 건넸다. 영이에게 수업은 재미있느냐, 숙제는 버겁지 않냐 등의 이야기를 물었다. 영이는 짧게 대답했다. 에릭은 잠시 머뭇거리더니 영이에게 친구가 있냐고 물었다. 영이는 왜 그런 걸 묻느냐고 묻는 대신 그의 얼굴을 응시했다. 에릭은 그게 영이의 대답이라고 생각했다. 그는 영이에게 어제 뭐 하고 지냈냐고 물어보면, 항상 침대에 누워 있거나 휴대폰을 했다는 이야기를 들었는데 그게 걸린다고 했다. 다른 아이들은 친구와 놀았고 친구와 다퉜고 친구와 공부했는데 영이에게는 그 '친구'가 쏙 빠져 있다고.

"그런데 나는 어제 봤다. 너와 마이크, 일레븐이 옥상에 있는 것을. 일레븐과 마이크는 웃었다. 즐거운 일이 있는 것처럼. 나는 궁금했다. 너희가 뭘 하고 노는지. 내가 본 건 끔찍했다. 너는 춤을 추고 있었다. 거의 벗은 채로. 왜 두 손을 머리에 올려놓느냐."

영이가 머뭇거렸다. 에릭이 꿈이 아니라 현실을 물어보고 있었다. 그때 에릭이 다시 말을 이었다.

"그딴 춤을 추면 안 된다. 네 몸은 소중하다. 소중한 네 몸을 왜 소중하게 여기지 않느냐. 그리고 여기는 학원이다. 학원 옥상에서 그러면 안 된다. 제로투, 너는 춤을 추지 말아야 한다. 지금은 경고다. 너도 친구들과 그렇게 노니까 어떻게 지냈느냐고 물었을 때, 친구들과 놀았다고 말하지 못한 게 아니냐. 그리고 옥상에는 수리공의 창고가 있다. 수리공이 널 봤으면 어쩌려고 그랬냐. 혹시 내가 잘못 알았다면 이야기해라. 그러나 제로투, 춤은 안 된다."

영이는 에릭의 얼굴을 오래도록 지켜보았다. 에릭은 염려스러운 표정에서, 분노하는 표정과 어쩐지 어안이 벙벙한 표정을 번갈아 가며 지었다. 저것이 실제로 보았기 때문에 지을 수 있는 얼굴이었다. 영이는 웃었다. 일레븐이나 마이크가 아니라, 다른 사람이 나를 본다면 저런 표정을 짓는구나. 저런 식으로 표정이 나올 만한 일이구나. 영이는 소리 내어 웃었다. 에릭은 영이에게 괜찮냐고 물었다. 괜찮냐고 또 물었다. 괜찮냐고 외쳤다. 영이는 정말 괜찮다고 말했다. 정말로 나는 괜찮다고. 그런 춤을 춰서 미안하다고 사과했다.

"그런데, 제로투. 너 잠은 잘 자니?"

"네. 저는 매일 꿈을 꿔요."

영이가 웃으며 대답했다.

내일은 제이미가 복귀하는 날이었다. 영이는 마이크와 일레븐에게 옥상에서 만나자고 했다. 마이크와 일레븐은 좋다고 했다. 다만 영이에게 교복을 입고 오되 속옷은 입지 말라고 덧붙였다. 영이는 알겠다고 말했다. 영이는 속옷을 입지 않고 교복을 입었다. 거리는 한적했고 을씨년스러웠다. 곧 비가 올 것 같은 날씨였다. 그 생각을 마치자마자 비가 내렸다. 영이는 줄곧 비를 맞으며 학원 계단을 올라갔다. 5층 영어학원을 지나 옥상으로 올라갔다. 마이크와 일레븐은 골프용 우산을 함께 쓰고 있었다. 두 사람이 영이를 보고 환호했다. 마이크가 영이에게 섹시하다고 했다. 너무 섹시해서 먹고 싶다고 하니까 일레븐이 마이크의 뒤통수를 때렸다. 너는 내 것이라서 안 돼. 두 사람이 다정하게 어깨동무하고 영이에게 손짓했다. 영이는 제자리에 서서 주변을 두리번거렸다. 에릭의 말대로 저쪽에 수리공의 창고가 있었다. 열린 문틈으로 망치가 보였다. 영이는 그 앞에 서서 걸리적거리는 옷을 벗었다. 빗줄기가 그녀의 몸을 적셨다. 마이크와 일레븐이 크게 웃었다. 조회 수 대박이겠다. 우리 돈 많이 벌겠다. 이제 아빠 골프채는 훔치지 않아도 되겠다. 돈을 많이 벌면 우리 뭐 할까. 시답지 않은 이야기들이 흘러갔다. 영이는 망치를 쥐었다.

"제로투. 빨리 제로투 댄스 춰."

"엉덩이 미친 듯이 흔들어."

"가슴도 흔들리게 춰."

영이가 망치를 든 손을 뒤통수에 바짝 붙였다. 그녀는 제로투 댄스를 췄다. 가슴이 흔들렸고 엉덩이가 흔들렸다. 골반을 양옆으로 흔들고 허리를 놀렸다. 마이크가 환호했다. 일레븐이 촬영했다. 영이가 춤을 추면서 그들의 앞으로 다가갔다. 그들이 비추는 플래시가 눈부셨다. 그들은 영이의 가슴을, 그녀의 배꼽을, 그 아래를 환하게 비추느라 정신이 없었다. 영이는 겨우 눈을 부릅떴다. 스피치에서 꿈 이야기를 멋지게 발언하는 자신을 상상했다. 그러자 웃음이 나왔다. 마이크와 일레븐은 영이의 웃음을 보며 우스워했다. 이제 너도 즐기는구나. 제로투. 역시 제로투 댄스는 제로투 거야. 두 사람이 말했다. 노래는 끝이 나고 있었다. 촬영은 마친 두 사람은 즐거워했다.

영이는 망치를 높이 들었다. 마이크의 두개골을 세차게 내리쳤다. 마이크의 얼굴로 피가 흘러내렸다. 일레븐이 소리를 질렀다. 영이는 나체로 일레븐의 머리채를 잡았다. 일레븐의 날갯죽지에 망치를 내리꽂았다. 일레븐이 고꾸라졌다. 영이는 일레븐의 몸에 올라탄 채 망치를 내리쳤다. 퍽, 퍽, 퍽, 퍽, 퍽, 일레븐의 얼굴이 아주 빠른 속도로 함몰되었다. 이제 일레븐이 일레븐인지 기묘한 이야기에 나오는 일레븐인지 박수지인지 알 수 없었다. 일레븐의 손에 힘이 탁 풀렸다. 마이크는 아직도 숨을 헐떡이고 있었다. 영이는 천천히 그에게 다가갔다. 마이크는 겁에 질려 소리도 지르지 못했다. 억, 억, 하는 소리가 빗소리와 함께 바닥으로 떨어졌다. 영이는 마이크가 휴대폰을 쥐고 있는 손가락 하나하나를 잘근잘근 씹었다. 마이크가 울었다. 그녀는 웃었다. 마이크가 울면서 빌었다. 영이는 휘어진 손가락을 모아 비는 마이크를 망치로 내리쳤다. 꺄! 꺄! 영이는 기뻤다. 내일 자신의 이야기를 듣는 제이미의 표정. 이영의 표정이 머릿속에 그려졌다. 정말 기분 나쁜 꿈을 꾸었구나. 제이미가 말하고, 이영이 자각몽에 성공했구나, 우리 집에 올래? 하고 제안하는 상상을 했다. 그러니 기분이 좋았다. 아주 좋았다. 영이는 얼굴에 묻은 피를 닦았다. 비가 이렇게 오는데도 몸에 묻은 피는 잘 지워지지 않았다. 뭐야, 왜 이래, 씨발, 왜 이래! 영이가 피가 묻은 몸을 손으로 벅벅 문질렀다.

이상했다. 비가 이토록 오는데, 하늘에 구멍이 난 것처럼 쏟아지는데 어째서.

하나도 춥지 않을까.

영이가 눈을 떴다. 아침이었다. 좁은 방. 제 침대였다. 영이는 제 두 손을 확인했다. 하얗고 건조하고 반듯한 두 손바닥.

영이가 드디어 꿈을 꿨다. 현실처럼 생생했다. 그래서 조금 울었다.

제이미, 오늘 저는 환상적인 꿈을 꿨어요. 월영시를 감싸고 있는 바닷가로 친구들과 놀러 갔답니다. 마치 브리즈번에 있는 작은 해안가 같았어요. 모래사장이 반짝이고 바다는 에메랄드 색깔이었죠. 비가 온 다음 날이라 날씨도 끝내주게 좋았어요. 친구와 함께 맥주도 마셨어요. 학생이라서 맥주를 마시면 안 되지만, 꿈이니까요. 얼굴과 몸이 따뜻해지는 그 느낌이 아주 좋더라고요. 이걸 어른들만 즐기다니, 제이미. 제이미도 술을 좋아하나요? 다음에 제가 어른이 되면 술을 꼭 사주세요.

아무튼 제이미, 제 꿈에 대해서 더 이야기해볼게요. 저는 친구와 함께 분홍색 학 튜브를 샀고, 준비운동을 했어요. 두 손을 뒤통수에 바짝 붙이고 허리를 숙였다가 펴기를 반복했어요. 앉았다 일어났고, 허리를 쭉 펴기도 했지요. 저 혼자가 아니라 친구들이랑 하니까 준비운동도 재미있었어요. 몸이 개운해지니 빨리 바다에 뛰어들고 싶더라고요. 그런데 친구가 술을 한잔했으니, 조금만 더 모래사장을 걷다가 들어가자고 했어요.

저와 친구는 모래사장을 한 바퀴 걷고, 교복을 벗었어요. 안에는 수영복을 입고 있었거든요. 허벅지와 팔꿈치까지 내려오는 수영복이라 불편하긴 했는데, 이렇게 두껍고 긴 수영복이 춥지 않아요. 체온을 보호해주거든요. 저는 추운 게 싫거든요. 친구도 싫어하고요. 저희는 바닷물에 발을 살짝 담갔어요. 파도가 사무치는 풍경을 보며 미래를 두런두런 이야기했어요. 영어가 정말 싫지만, 영어 점수도 잘 나오지 않지만 그래도 열심히 해보자고 다짐도 했어요. 어쩐지 다음번에는 성적이 정말 잘 나올 것 같다는 희망도 들었지요.

이제 수영을 하러 바다로 들어가려는데, 친구가 화장실에 다녀올 테니 먼저 들어가보라고 하더라고요. 저는 알겠다고 말한 뒤 바다 안으로 저벅저벅 걸어 들어갔어요. 물은 미지근해서 적당한 온도였죠. 저는 팔을 뻗어 본격적으로 수영하기 시작했어요. 헤엄을 치다가 문득 이렇게 맑은 날씨에 바닷속은 어떨까 궁금해졌어요. 그래서 잠수해보았어요. 제이미. 바닷속은 환상적이었어요. 푸른 산호초와 형형색색의 물고기들이 이리저리 춤을 추더라고요. 특히 미역의 몸짓에 사로잡혔죠. 저는 미역이 물결치는 모습을 가만히 바라보았어요. 제가 춤을 추는 대신, 수천 개의 미역이 일렁이는 그 모습을 바라보았어요. 참 좋은 꿈이었어요. 환상적이었어요. 깨고 싶지 않을 정도로 좋았어요.

제이미는 영이의 이름을 불렀다. 그녀의 자리는 비어 있었다.

❖

제이미는 영이와 친한 사람이 있냐고 물었다. 그녀가 부모와도 연락이 되지 않는다고 말했다.

제이미는 빈 교실에 홀로 남아 중얼거렸다.

그녀는 어디로 사라졌을까.

다음 날 제이미는 레이철부터 꿈 스피치를 시켰다. 레이철은 오늘 꿈을 꾸지 않았다고 말했다. 제이미는 그럴 수 있다고 했다. 꿈을 꾸지 않는 건 건강에 더 좋다고도 덧붙였다. 꿈을 꾸지 않는다는 말은 깊게 잠들었다는 뜻이니까. 아주아주 깊은 잠에 푹 빠졌다는 것. 그게 내일을 살아갈 힘을, 현실을 살아가기에 더 좋은 징조라고 말했다.

이영이 웃었다. 분명 웃고 있는데 어쩐지 기이하고 일그러진 미소였다. 레이철. 제로투. 무어라 불려도 잘 어울릴 얼굴이었다.

작가의 말

월영시를 마음에 두기 시작한 것은 오래전부터였다. 월영시에 대한 이야기는 계속 나오고 있었고 다른 작가들의 이야기 속에서 구체화되는 월영시는 괴이하게 아름다웠다. 월영시의 밤, 공기의 냄새, 그리고 그 안에서 일상을 보내는 사람들의 표정. 그 모든 것들을 상상하고 생각하다 보니 어느새 '영이'가 나를 보고 있었다. 분명 웃고는 있었는데 어쩐지 기이하고 일그러진 미소의 영이.

처음에는 영이를 위로하고 싶어 시작한 글쓰기였다. 하지만 영이에 대해서, 그리고 이영에 대해서 글을 써 내려가다 보니 내가 틀렸다는 것을 깨달았다. 영이는 위로가 필요한 아이가 아니었다. 레이철이 되기를 소망했던 그 아이는 호러라는 장르 안에서 거리낄 것 없이 제 욕망을 표출할 줄 아는 아이였다. 누군가의 도움의 손길을 바랐던 아이는 이제 제 손으로 직접 그들에게 어울리는 결말을 맺을 줄 아는 아이가 되었다.

자각몽은 단순히 꿈으로 끝나지 않는다고 믿는다. 과한 믿음일지 모르지만 평행 우주가 있고 함께 흘러가는 시간대를 운 좋게 꿈이라는 연결 고리로 이을 수 있다고 생각한다. 나는 그 사실을 영이에게서 배웠다. 덕분에 이 우주 속에서 영이는 새로운 결말을 맺게 된 게 아닐까. 그것이 바랐던 모습이든 아니든 말이다.

결국 영이의 이야기 또한 월영이라는 유한하고도 무한한 곳에서 시작되고 끝이 났다. 그곳에서 영이는, 이영이는 어떤 삶을 살게 될까. 작은 호기심이 싹튼다. 영이의 자각몽을 계속 보고 싶다는 욕심과 함께.

—김하늬

나는 문을 활짝 열었지.
그러나 그곳에는 어둠만 있을 뿐.

—애드거 앨런 포, 〈까마귀〉 중에서